하오팅 캘리의
슬기로운 기록생활

사소한 일상도 특별해지는 나만의 작은 습관

하오팅캘리의
슬기로운 기록생활

이호정(하오팅캘리) 지음

21세기북스

당신이 기록을 하는 이유는 무엇인가요?

SNS에 기록들을 공유하기 시작한 이후로 지금까지 꾸준히, 또 늘 받는 질문은 '왜 기록을 하나요?', 그리고 '꾸준히 기록할 수 있게 해주는 것은 무엇인가요?'이다. 생각해보니 이 책의 시작도 '당신에게 기록이란?', '왜 기록을 하나요?' 라는 질문부터였다. 어떤 내용을 쓸 것인지 정리도 안 된 상태였지만, 그럼에도 가장 먼저 적은 것은 저 질문이었다.

그래서 이 책을 시작하려면 내가 왜 기록이라는 것을 하고, 또 꾸준히 하고 있는지에 대한 이유를 찾는 것이 우선이었다. 그러나 왜 노트를 펼쳐 오늘 하루의 할 일들을 적고 확인하고 정리하는지, 또 굳이 쓰지 않아도 될 이야기들까지 구구절절 쓰고 있는지는 모를 일이었다. 기록하는 것이 습관이라 좋다 싶으면서도 대체 그게 어쩌다 습관이 되었는지, 왜 쓰기 시작했고, 왜 늘 노트를 가지고 다니는지, 어느 순간 하나 놓칠까 핸드폰 메모장에라도 주절주절 쓰는지는 스스로도 이해되지 않는, 설명할 수 없는 일들이었다. 아마 굳이 생각해 볼 필요도, 정의를 내릴 필요도 없는 아주 단순한 일상의 한 부분으로만 여겼기 때문일 것이다.

종종 기분전환을 위해 한강에 '따릉이(서울시 공공자전거)'를 타러 나가고는 한다. 좋아하는 서울 풍경을 옆에 두고 강바람을 쐬며 따릉이를 타고 달리다 보면 사진으로 찍어 간직해두고 싶은 때를 자주 만난다. 푸릇푸릇한 나뭇잎들 사이로 보이는 서울타워, 울긋불긋한 일몰의 순간, 해가 지고 완전히 어두워지기 전의 보랏빛 하늘, 괜히 기분 좋아지는 밝고도 또렷한 달. '지금 잠깐 멈춰서 사진을 찍을까? 그러기엔 너무 번거로운데 그냥 갈까?' 하고 고민하다가도 보통은 귀찮아서 '사진 따위 나중에 찍지 뭐' 하고 지나치곤 했다.

문득 일상을 기록하는 일 또한 이와 같지 않을까 하는 생각이 들었다. 귀찮고 번거로움을 무릅쓰고 무엇 하나라도 노트에 남겨둔다면 좋았던 순간, 오래 간직하고 싶은 소중한 순간을 기록으로 붙잡아 간직할 수 있다. 그 순간의 멈춤 덕에 좋앗던 순간을 들여다보고 싶을 때마다 볼 수 있게 된다. 아, 나는 그래서 기록을 하고, 또 꾸준히 할 수 있었구나 싶었다.

프리랜서라는 세계에 발을 들일 때, 기록은 설렘과 두려움 속에서 할 수 있다는 자신감을 심어주기도 했고, 하나하나 부딪치고 헤쳐 가야 하는 길 위에서 버팀목이 되어주기도 했다. 그날 하루를 대충 적어두는 것만으로도 나 자신을 다스릴 수 있는 힘이 되어주었다. 그렇게 단순히 그날의 해야 할 일만 적다 보니 어느 순간 써놓지 않으면 흘러가는 순간들이 아쉬워졌고 기록으로 붙잡아 두어야겠다 싶은 생각이 들었다.

그렇게 다시 또 쓰다 보니 기록해야 명확하게 보이는 것들이 있었다. 아니 적어도 기록이라는 것 앞에서 꾸준할 수 있게 만들어 주는 것은 지난 기록들이 가진 힘 덕분이었다.

의미 없다 생각한 기록들도 사실 모아놓고 보면 내 취향의 수집이자 굳이 알 필요가 없었던 나 자신에 대한 아카이빙이었다. 그렇게 핸드폰 사진첩 속에 빼곡하게 쌓인 사진들처럼 노트 안에 차곡차곡 쌓인 기록들을 보니 진짜 행복은 특별한 것이 아닌 하루하루, 순간순간에 사소한 척 숨어 있었다. 그러니까 기록이라는 것은 어쩌면 그저 나, 자기 자신일지도 모르겠다.

가끔 내 존재가 희미하게 느껴지고 우주먼지보다 못한 존재처럼 느껴질 때 손때 가득한 노트들을 한 장 한 장 펼쳐보고는 한다. 단순한 일상의 기록들이 이렇게 나를 증명해주었다.

새하얀 노트 앞에서 무엇을 어떻게 쓸지 고민하기도 하고, 한숨을 삼키며 마음을 정돈하기도 하고, 그저 흘러가지 않기를 바라는 마음으로 무엇 하나라도 붙잡아 남기려 하기도 하고, 오늘을 발판 삼아 내일을 위한 한 걸음을 다지기도 하지만, 가끔은 이걸 쓰는 게 맞을까, 이런 것을 써도 될까, 나는 왜 저렇게 쓰지 못할까 자책하기도 한다.

하지만 의미 없는 기록은 없다. 그저 쓰고 싶은 것을 쓰고, 쓰고 싶은 대로 쓰자. 무엇이든 가리지 않고 써넣을 준비만 되어있다면 우리는 기록을 통해 한 층 더 단단해지고, 한 걸음 앞으로 나갈 힘을 얻을 수 있을 것이다.

가끔은 어떠한 정의나 답이 없어도 되는 것이 있다. 여러분도 '나에게 기록이란? 기록을 하는 이유는?'이라는 질문에 당장의 답을 찾을 필요가 없다. 그저 기록과 함께 켜켜이 쌓인 시간들이 대신 답을 해줄 수도 있을 것이다. 모든 기록자들이 무엇이든 적고 남기며, 기록을 통해 조금 더 즐겁고 행복해지길, 또 단단해지길 응원한다.

차례

PART 3. 시작하기: 펜 하나로 시작하는 슬기로운 기록생활

"무엇을 어떻게 기록하나요?"

Part 1

준비운동:

기록을 하기 전에

"무엇으로 기록하나요?"

---

4 5 6
10 11 12

ㅋ 회의7인부스.

CHECK LIST

✓ DAILY 일간 / WEEKLY 주간 / MONTHLY 월간
□ SHOPPING LIST 텅장조심하세요
□ ETC:

- □ 체크리스트 배송포장
- □ 체크리스트/ 떡메 주문폼
- □ 4주차 수업일정
- □ 주문서/ 입금확인
- □ └ 문자전송
- □ 낮/저녁 수업준비 (메뉴/자료)
- □
- □
- □
- □
- □

YOU ONLY LIVE ONCE. *
@HaotingCalligraphy

노트

"세상에 딱 맞는 노트는 없으니까"

지금은 아무것도 없는 새하얀 무지 노트에 손수 틀을 만들어 기록하고 있지만, 3~4년 전만 하더라도 날짜형 또는 만년형 다이어리를 사서 쓰곤 했다. 그땐 형식을 갖춘 노트에 일기를 쓰는 것이 너무나도 당연한 일이었다.

생각해보면 지금 사용하는 노트에 정착하기까지 정말 많은 노트들을 거쳐왔다. 그야말로 다이어리 유목민이었는데, 매해 연말이면 경쟁이 치열하다는 스타벅스의 커피 스탬프를 모아 교환했던 다이어리도 써보고, 디자인 문구 쇼핑몰을 하루에도 수십 번 들락날락하면서 이 노트 저 노트 비교해보며 구매하던 때도 있었다. 정말 열심히 고르고 골라서 구매한 다이어리인데도 단지 마음에 들지 않는다는 이유로 1년

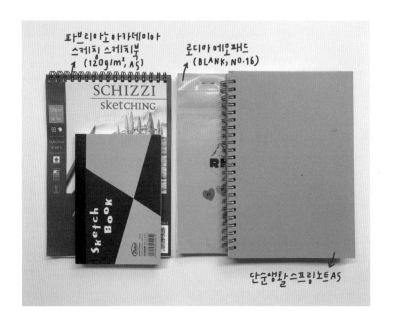

에 두세 번씩 새 다이어리를 구매해 바꿔 쓰는 게 당연하던 시절도 있었다. 쓰다가 망쳐서 새로운 마음가짐으로 쓰겠다는 명분으로(?) 새 다이어리를 구매하기도 했다.

그렇게 노트를 구매할 때마다 든 생각은 '세상에 내가 찾는, 내가 원하는, 나에게 딱 맞는 노트는 없다'는 것이었다. 그래서 시중에 나와 있는 것 중 그나마 제일 마음에 드는 것으로 골라 쓰곤 했는데, 그중에 일본 문구 브랜드 미도리의 '하루 한 페이지 다이어리'라는 노트가 있었다.

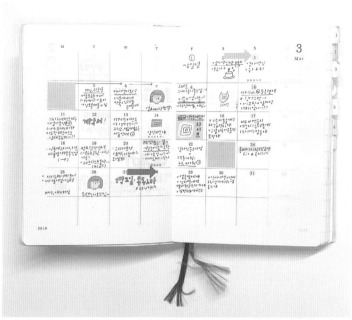

미도리 하루 한 페이지 다이어리

　군더더기 없는 깔끔한 디자인에, 다이어리 이름 그대로 하루에 한 페이지씩 일기를 쓰는 노트였다. 처음엔 하루에 한 페이지씩 일기를 쓴다는 것이 신선했다. 시중에 파는 다이어리로 틀에 맞춰 쓰는 게 당연했는데, 하루 한 페이지씩 자유롭게 쓸 수 있다는 것이 매력적으로 느껴졌다.

　매해 다이어리를 쓰는 방식에도 변화가 생기고, 더 많은 것을 기록으로 남기고자 하는 욕심이 생기면서 어느 날은 쓰고 싶은 내용이 넘쳐나기도 하고, 그날을 조금 더 생생하게 기억하고 추억할 수 있는 것들(예를 들면 영수증이나 각종 티켓들, 또 마음에 들었던 커피 포장지 등)도 붙여놓고 싶은데, 내가 쓸 수 있는 칸은 제한적이라 아쉬울 때가 많았다. (물론 그 작은 한 칸을 아무것도 못 채우는 날이 존재하기도 했지만) 아무래도 주어진 형식이 있으니 그 형식을 따라야 한다는 강박 같은 것이 있었는데, 그런 고민 없이 한 페이지 내에서 하루를 자유롭게 기록할 수 있는 것이 가장 마음에 들었다.

그렇지만 이 노트도 100% 마음에 들진 않았다. 일본에서 만든 노트라 일본 공휴일이 기재되어 있었고, 나는 한 주의 시작이 일요일인 노트를 선호하는데 이 노트는 월요일부터 시작했다. 또 노트가 완전한 백지로 이루어진 것이 아니라 최소한의 디자인이 있는 노트였기에(상단엔 날짜와 투두리스트 (to-do list) 따위를 기재할 수 있는 칸이 있고, 하단엔 왼쪽 부분엔 8시부터 24시까지 일정을 적을 수 있는 타임테이블(timetable)이 있고, 오른쪽은 빈 칸으로 구성되어 있다) 완전히 자유롭지도 않았다.

그래도 비싼 돈 주고 구매한 노트이기도 했고, 어차피 다른 노트들도 쓰기 불편한 점 한두 개씩은 있는 게 당연하다 생각하며 반년 정도 그 노트를 사용하기는 했다. 그러면서 새삼 들었던 생각은 '내가 그동안 너무 틀에 얽매여 있었구나, 굳이 그럴 필요가 없는데' 하는 것이었다. 이런 가치관의 변화로 모든 틀을 내 마음대로 직접 그리고 써넣을 수 있는 무지 노트를 찾기 시작했다. 그러자 업무와 아이디어 노트로만 쓰던 몰스킨 노트가 눈에 들어왔다.

{ 몰스킨 클래식 노트 }

　사실 찾아보면 시중에 무지 노트들이 정말 많다. 하지만 몰스킨이 워낙 유명한 브랜드이기도 했고 또 예부터 여러 예술가들이 사용한 노트라고 해서 뭔가 있지 않을까 하는 마음에 (비싼 가격이 걸리긴 했지만) 홀린 듯이 구매했다.

　그렇게 사서 쓰기 시작한 노트인데, 사용해본 노트들 중 제일 오래, 또 많이 사용하게 되었다. 세월의 흐름에 따라 사용하는 필기구에 대한 취향도 변하고, 기록의 방식도 조금씩

바뀌면서 지금 이 노트는 일기장과 업무 및 아이디어 노트로 사용하고 있다. 휴대하기 좋은 사이즈와 군더더기 없는 깔끔한 디자인 때문에 가지고 다니면서 업무에 관한 내용이나 아이디어를 적기에 좋다.

{ 몰스킨 볼란트 저널 }

유럽 여행 중에 우리나라에서는 찾아보기 힘든 몰스킨 단독 매장(?)을 구경하면서 구매한 노트이다. 우리나라에서 몰스킨 노트를 구매하려면 인터넷 쇼핑몰을 이용하거나 대형 문구점을 가야 하는데, 그렇다고 매장 안에 있는 노트의 종류가 많은 것도 아니다. 그래서 지금까지 몰스킨엔 클래식 노트만 있는 줄 알았는데, 생각보다 더 다양한 노트와 제품들이 있는 게 아닌가!

사실 그땐 필요해서 샀다기보다 몰스킨 매장에서 클래식 노트가 아닌 다른 뭐라도 사고 싶어서 샀던 건데(사실 클래식 노트는 면세점에서 세트로 왕창 구매해서 더 구매할 필요가 없었다), 포켓 사이즈의 클래식 노트만큼 자주 사용하지는 않는다.

그래도 외출 시 가방에 필기구가 없으면 왠지 모르게 불안해서 노트와 펜을 꼭 챙겨 나가는 나에겐 작은 사이즈의 가방을 들고 외출할 때 들고 나가면 딱인 작고 얇은 노트이다. 각 페이지마다 절취선이 있어서 한 장 한 장 뜯어 쓰기도 좋다. 다만 이 노트 역시 비싸다는 것이 단점이다.

{ 파브리아노 스케치북 }

정말 바쁘거나 피곤한 날은 사실 단 한 줄의 일기도 쓰기 힘들지만, 체력이 남거나 시간적 여유가 생기면 종종 일기에 사진을 출력해 오려 붙이거나 그림을 그려 스티커처럼 붙인다. 확실히 글만 있을 때보다 시각적인 자료가 있으면 눈에

더 잘 들어오기도 하고 한눈에 내용을 파악하기도 쉽다. 연필로 드로잉을 하거나 색연필로 그림을 그릴 땐 이면지를 활용하기도 하지만, 마카 펜으로 그림을 그릴 경우엔 두꺼운 종이가 필요한데, 이럴 때 도톰한 스케치북을 사용한다. 도구 욕심이 있어서 유명한 파브리아노 제품을 사긴 했지만, 사실 무조건적으로 좋은 제품을 써야 할 필요는 없다(주로 사용하는 건 파브리아노 제품이지만, 여행 중에 사 모은 스케치북을 쓰기도 한다).

{ 로디아 메모패드 }

로디아 메모패드는 스케치북을 쓰긴 부담스러울 때나 급하게 메모를 남겨야 할 때, 또 다이어리를 쓰기 전에 내용 정리를 하는 용도로 쓰던 아이템이다. 절취선이 있어서 필요에 따라 뜯어 쓸 수 있고, 크게 부담스럽지 않은 가격에 부드럽고 품질이 좋아서 애용했다.

{ 단순생활 노트 }

쓰던 패드를 다 써서 사러 갔다가 없어서 이것저것 둘러보다 구매한 아이템이 단순생활 노트이다. 저렴한 가격으로 이것저것 막 쓰기 좋고, 역시나 다이어리에 쓸 내용을 정리하거나 그림 연습을 하는 편한 용도로 쓰고 있다.

펜

"왜 이 좋은 펜을 이제 알았지?"

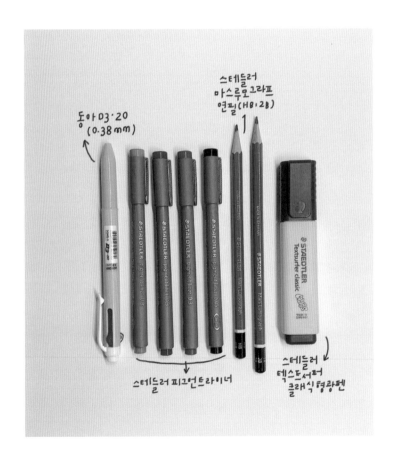

동아 D3·20
(0.38mm)

스테들러
마스루모그라프
연필(HB·2B)

스테들러 피그먼트라이너

스테들러
텍스트서퍼
클래식 형광펜

{ 스테들러 피그먼트 라이너 }

펜 중에선 제일 오래, 제일 많이 사용한 펜이다. 전엔 일기를 쓸 때 손에 집히는 아무 펜으로 쓰곤 했는데, 어느 날 중성 펜으로 일기를 썼고 그날따라 글씨가 마음에 들었다. 뿌듯한 마음으로 노트를 덮었는데, 다음날 보니 펜의 잉크가 덜 마른 채로 노트를 덮어서 번짐으로 난리가 나 있는 게 아닌가. 그 이후론 펜의 잉크 마름이 비교적 느린 젤 펜이나 잉크 펜으로는 일기를 잘 안 쓰게 되었다.

그러다 가지고 있던 펜 중 잉크 마름이 제일 빠르고, 같은 검은색 필기구임에도 너무 강렬하지 않은 검은색을 가진 피그먼트 라이너가 눈에 들어왔다. 사실 이 펜이 가진 장점을 알고 구매한 것은 아니고 '참새 방앗간'처럼 드나들던 문구점에서 우연히 산 펜이었다. 그저 여태 사 모은 수많은 펜 중 하나일 뿐이었는데, 우연히 이 펜으로 일기를 쓰게 되면서 피그먼트 라이너라는 존재에 대해 새삼 인지하게 된 것 같다. '왜 이 좋은 펜을 이제야 알았지', '이 펜의 정체는 뭐지?' 하는 호기심에 검색을 해보고 펜이 가진 장점(잉크가 금방 마르고, 마른 후에는 물에 번지거나 쉽게 지워지지 않는 피그먼트 잉크 펜이고,

뚜껑을 씌우지 않아도 오랜 시간 잉크가 마르지 않는다고 한다)을 제대로 알게 되면서 늘 쓰는 펜이 되었다.

장점이 너무나도 강력하지만, 단점도 물론 존재한다. 주로 다이어리 기록용으로 쓰는 펜의 굵기는 0.05mm나 0.1mm인데 촉이 너무 가늘다 보니 펜을 편하게 막 다루기가 어렵다는 점이다. 필압 때문에 촉이 망가지지는 않을까 싶은

걱정에 펜보다는 손에 힘이 많이 들어가다 보니 피로감이 높아진다. 그래서 빠른 메모를 해야 하거나 긴 글을 써야 할 때는 잘 쓰지 않고, 글씨를 오밀조밀한 느낌으로 쓰고 싶거나 잉크 건조가 빨랐으면 할 때, 특히 글씨뿐만 아니라 드로잉후 채색이 필요할 때 유용하다.

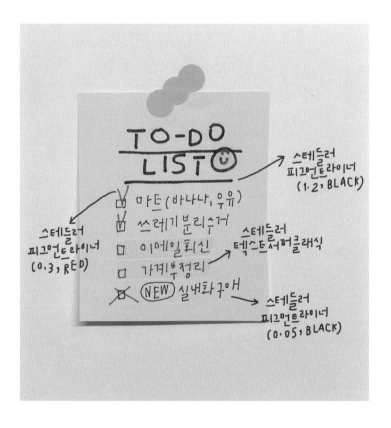

{ 스테들러 마스 루모그라프 연필 }

　스테들러라는 브랜드를 무한 신뢰하고 좋아하게 되면서 지우개, 형광펜, 색연필 등 제품들을 하나둘 사서 쓰기 시작했다. 그렇게 접하게 된 제품 중 하나이다. 연필은 내 돈 주고 사는 일이 없을 거라 생각했는데, 어느 순간부터 샤프보다는 번거롭게 깎아 써야 하고 처음엔 뾰족해도 쓰면 쓸수록 뭉툭해지는, 연필만이 주는 감성에 빠지게 되었다. 드로잉을 하거나 볼펜이나 잉크 펜과는 다른 흑연의 거친 듯하면서도 부드러운 느낌이나 아날로그 느낌이 필요할 때 꺼내 쓰는 편이고, 요즘은 연필로도 종종 기록을 한다.

　싸구려 연필들은 잘 부서지고 내구성이 약해서 흑심이 잘 부러지는 데다가 혹시나 나무 재질이 안 좋기라도 하면 연필 본체 자체도 잘 갈라지고 가벼워서 손이 느끼는 피로도가 높은데, 그런 걱정 없이 오래오래 편하게 쓸 수 있는 연필이다.

...고 있는 덕분인지 같다. ...도 제대로 못했으니까ㅠ) ...해보니 작년에도 재작 고 슬 땐 두통에 허리통증 ...었던것 같다. 그래서 인스 ...삼시나마 없앴다. ...ㄷ 아이(?)한테 뺏기는 ...고, 어쩌다 본 피드는 ...지도 않고, 불필요한정보 ...비한다. ...욱 무겁고 속도 안좋아서 ...고 덕분에 내내 뒤척이다 ...째 방심도 한 몫 했을 듯) ...쯤 겨우 잠들었다. - - - - - - - ...빠 생신이라 내일 다 ...하려고 했는데, 아빠 일 ...늘로 땡겨서 오리고기 먹으 ...다녀왔다. 늘 사람들로이 ...곳인데, 일요일이라 그런지 ...너무 좋았고, 오리고기값은 ...(?) 5,000원이나 올라있 ...다 먹고는 소화시킬 겸 집 ...오는데 골에 있는 작은산 ...냄새 풀냄새 맡으며 넣이 ...걸어오는 길이 너무좋았다 ☺ ...디어왔다. 5/31에 주문한 ...ㅈ 크로우캐넌(시리얼볼을 ...진짜너~무예뻐ㅠㅠ) ...물건발송준비: 사전접수, ...앙(~10일까지) ...고 소금빵 만들기도 오전! ...약80%의 성공이랄까....	☑ 홈페이지 알림톡충전 ☑ 장부정리(~6/8) ☑ ㄷ다른이 \ 날도 덥고, 미세먼지도 심해서 그냥 집에 갈까, 했는데 타길 잘했 어ㅠㅠ 기분전환되고 너무좋음 ☺ (BUT), 후덥지근, 뜨거워... 너무나도 뜨거워. 잠깐 물 사러 간 사이에 안장이 뜨겁게 익어있어서 깜짝놀랐다 :(+ 스벅 웨이브아트센터 피지오 안 파ㅠㅠ 콜라임피지오 벤티사이즈로에 스파클링 엑스트라로 해서 벌컥x2 마시고싶었는데ㅠㅠ

(6/9)

하루종일 포장

10 THU

(케이스)

11 □ (오전)우체국-케이스배송접수
FRI □ PM1. 송도(지혜·유림)

기타

"아주 간단한 특별함을 위해서"

프린텍
종이인덱스
스티키노트

다이소풀테이프

포스트잇
플래그분류용
(종이)

트로닷스탬프
printy-dater
4810

다이소
필름인덱스

{ 풀테이프 }

'다꾸(다이어리 꾸미기)'를 좋아하는, 아니 다꾸를 하는 사람이라면 모르는 사람이 없을 아이템이면서도, 꼭 다꾸가 아니더라도 하나쯤 갖고 있으면 유용한 필수 아이템이다. 액체 풀은 사용했을 때 종이가 우는 게 단점이고, 고체 풀은 사용하다 보면 풀이 덩어리져서 고르게 붙이지 못하는 점이 단점인데, 풀테이프는 사용하기도 편하고 깔끔하게 붙일 수 있어서 좋다. 그리고 혹시나 잘못 붙여도 비교적 쉽고 깔끔하게 뗄 수 있어서 사용할 때 부담이 적다.

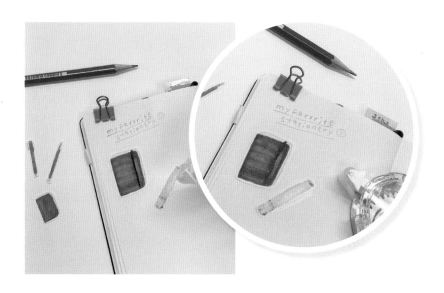

{ 인덱스 라벨 }

불과 몇 개월 전까지만 해도 노트 하나에 일기도 쓰고, 업무 관련 메모도 하고, 아이디어 기록도 했었다. 이렇게 노트를 구분해서 여러 권 들고 다니며 쓸 필요 없이 한 권에 몽땅기록하는 게 편하기는 했지만, 가끔 메모해둔 것들을 찾아볼일이 생기면 바로바로 찾지 못하고 뒤적거려야 할 때가 있었다. 그럴 때 해당 페이지에 붙여두면 일일이 찾아야 하는 번거로움이 없어서 편하다. 또 먼슬리(monthly) 페이지 상단부에 붙여 해당 월 표시를 하기도 한다.

{ 트로닷 스탬프 }

우연치 않게 매번 수업 장소가 대형서점과 매우 가까운 곳에 있어서 수업 전후로 괜히 한 번씩 들러 구경하다 구매한 아이템이다. 다행히도 생각보다 잘 사용하고 있다. 날짜를 기입할 때 일기 내용과 같은 펜, 같은 크기로 쓰면 구분이 잘 안 되는데 이렇게 스탬프로만 찍어주기만 하면 날짜 구분도 되고, 포인트가 되어서 가독성이 좋아진다. 다이어리에 튀지 않고 잘 활용하기 좋은 아이템이다.

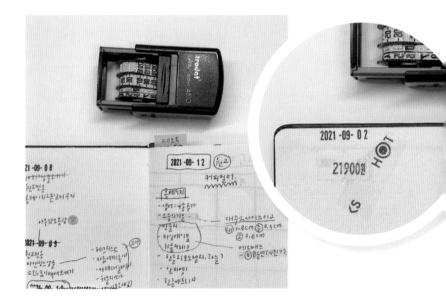

{ 견출지 }

초등학생 때 각종 필기구에 유성 펜으로 이름을 적어 붙였던, 이제는 책상 서랍 깊숙한 곳에 처박혀 있는 옛날 옛적 아이템이다. 물건에 이름을 써 붙이지 않아도 자기 물건을 잘 챙기고 다니는 어른이 되면서 제 역할을 잃고 서랍에 잔뜩 쌓아만 두었는데 어느 날 눈에 들어왔다. 다이어리에 붙이면

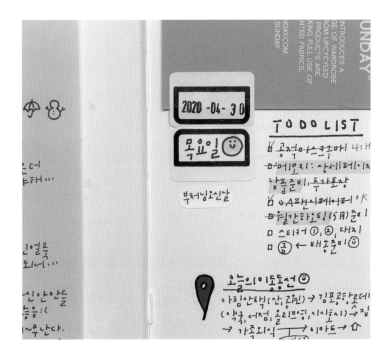

스티커처럼 튀지 않으면서도 위에 글씨도 쓸 수 있고 꾸민 듯 안 꾸민 듯한 느낌을 주지 않을까 해서 혹시나 하는 마음으로 붙여봤다. 그런데 혹시나가 역시나였다. 데일리(daily) 페이지에 날짜를 표시하는 역할로 붙이기도 하고, 먼슬리 페이지에는 칸 하나 사이즈에 딱이라 빈 칸을 메우거나 강조하는 아이템으로 종종 사용한다. 때론 견출지 모양으로 그림을 그리고 잘라 붙여 사용하기도 한다.

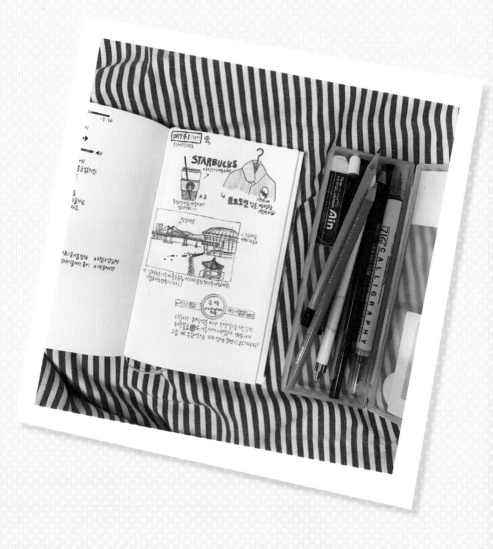

Part 2

___

마음가짐:

___

우리는 기록하기 위해

___

태어난 사람

___

___

"왜 기록을 하나요?"

___

힘들어졌다

저녁은 🙂 닭

8/29 SAT

깨운건
6:30인데
출발은 7:30

과일
이누?
알것

x2 __아빠는__
빈속에 못간다
너무 x2 배고파서
달걀후라이 ②개
튀워라라

아손 안
진짜

엄마는 단호박을
가져와라라 (ㅠㅠ)

마스크챙겨야돼
열린물도챙겨야돼

문구 덕후, 일상기록자가 되다

책상 앞에 앉아 무언가를 조몰락조몰락 만지며 끄적끄적 쓰는 것이 일상 중의 일상이었던 어린이가 캘리그라퍼 (calligrapher)가 되었고, 글과 사진, 그리고 그림으로 일상을 기록하는 '일상기록자'가 되었다. 나는 왜 기록을 시작했고, 30대가 된 지금까지 손에서 펜과 노트를 놓지 않는 걸까? 괜한 의미 부여나 그럴듯한 포장이 아닌 진짜 이유를 찾고 싶어서 원고를 쓰는 내내 생각해보았다. 기록하는 것을 좋아하는 사람치고 문구류를 안 좋아하는 사람이 있을까. 아니 아마도 문구류를 좋아하다 보니 기록에 빠지게 된 나와 같은 사람이 더 많을 것 같다. 용돈이란 용돈은 모조리 문구점에 투자하던 소위 '문구 덕후'. 그것이 나의 시작이었다.

나의 '반강제적' 기록생활

졸라맨과 그림 칸의 한쪽 모퉁이를 차지하는 둥근 햇님이 단골로 등장했던 그림일기. 나보다는 엄마가 했다고 보는 게 맞을 여름 방학 숙제. 여기서 빼놓을 수 없는, 어린 시절 기록생활의 화룡점정이라 할 수 있는 러브장과 교환일기까지.

가끔 손글씨 수업에서 수강생들과 다이어리나 기록 관련 이야기를 하다 보면 교환일기를 써보지 않은 사람이 거의 없었다. 그리고 써본 사람들은 이때 '다꾸' 스킬을 많이 습득했던 것 같다고 다들 웃으면서 말하곤 했다.

어쩌면 나도 이렇게 반강제적으로 기록생활에 발을 들이게 되었을지도 모른다. 다만 그때는 일기를 쓰고자 구입했다기보다는 용돈이 생기면 늘 사 모으던 평범한 문구류일 뿐이었고, 그중에서도 그 시절 나에게 다이어리는 나름 고가의 문구였기에 더 아끼고 소중히 여겼던 기억이 난다.

아무튼 나 또한 10대 시절의 기록은 혼나기 싫어서 억지로 써내려가던 숙제, 지루한 수업 시간에 친구들과 몰래 주고받던 즐거운 딴짓, 공부가 하기 싫어 아무 의미 없이 끄적이던 낙서가 전부였다.

일상을 기록한다는 것

그렇게 기록을 시작은 했지만, 사실 중고등학교 시절 일기는 잘 기억이 안 난다. 그때는 일기가 숙제도 아니었고, 온갖 하기 싫은 공부를 억지로 하느라 바빴던 때였으니까. 매년 심사숙고 끝에 고르고 고른 다이어리를 늘 품고는 다녔지만 쓰는 날보다는 안 쓰는 날이 압도적으로 많았다.

10대 시절의 기록을 생각해보면 아직 또렷하게 기억나는 일이 있다. 초등학교 졸업을 앞두고 있던 때 있었던 일이다. 담임선생님이 학교 타임캡슐에 넣어둘 것들을 가져오라고 말씀하셨는데, 그때 내가 가져간 것은 문구 덕후답게 필통과 아끼던 펜, 좋아하던 액세서리, 그리고 일기장이었다. (일기장은 내가 선택한 건 아니고 선생님께서 가져오라고 하셨던 것 같다.)

당시에는 선생님이 굳이 숙제로 내주시면서까지 일기를 쓰라고 한 이유나 목적을 완전히 이해하지 못했다. 하지만 이제는 아주 어렴풋이 알 것 같다. 정해진 페이지와 칸 안에 하루 동안 있었던 일을 정리하고 써보는 것을 통해 작문 실력을 쌓는 학습적인 이유도 물론 컸을 것이다. 하지만 어쩌면 선생님께서는 우리의 하루하루는 나의 주변 친구들, 가족, 학교, 집, 놀이터 등 아주 가까운 곳에서부터 만들어진다는 것, 행복 또한 그런 가까운 곳에 있다는 것을 일기를 통해 알려주고 싶으셨던 게 아닐까. 그때 파묻은 일기장에 쓰인 내 글씨체는 어떨지, 또 어떤 내용이 쓰여 있을지도 궁금해졌다.

그리고 시간이 흘러 20대의 기록생활이 시작되었다. 20대의 기록생활을 한 줄로 요약해 보자면 말이다. 10대 시절보다 조금 더 예쁘고 비싸며, 좋은 다이어리를 쓰기 시작했고, 자의로 일기다운 일기를 쓰기 시작했고, 이 때에서야 비로소 꾸준한 기록이 시작된 때이자 기록의 즐거움을 알게 된 때라고 할 수 있을 것이다.

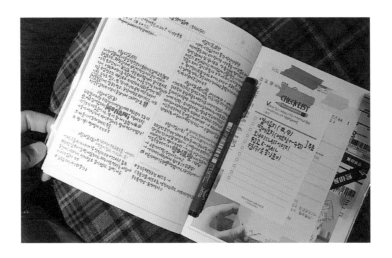

첫 '나홀로 여행'이 준 선물

20대 초반, 그러니까 대학생 때는 그저 수업 듣고, 놀고, 과제하고, 다시 노는 게 전부였기에 일기를 거의 못 썼다. 아니 안 썼다. 그냥 시간이 좀 여유 있거나, 꼭 적어놓고 싶은 에피소드가 있었거나 하는 날만 겨우 썼던 것 같다. 그래서 이 때의 기록에 대해선 얘기할 것이 거의 없다. 그럼에도 20대 초반의 기록을 언급하는 이유는 학교를 잠시 쉬던 휴학생 시절의 기록이 있기 때문이다.

1학년에서 2학년으로 넘어가던 해에 휴학을 했다. 그리고 나름의 로망이던 나홀로 여행을 결심하고 부산으로 떠났다. 그때까지만 해도 혼자서 뭔가를 하는 것이 어색하고 힘들기만 했다. 그럼에도 그때 나름 엄청난 용기로 다녀온 부산 여행이 내게 남긴 것은 바로 기록의 즐거움을 알게 되었다는 것이다.

성격상 계획 없는 여행은 힘들어 해서 인터넷과 여행 책자에서 이 정보, 저 정보 수집하며 여행 계획을 짜기 시작했다. 그 과정에서 부산의 각 기차역에 스탬프가 비치되어 있고, (기억이 가물가물해서 정확하진 않지만) '부산 스탬프 투어'라는 게 있다는 정보를 알게 되었다. (지금도 있는지는 모르겠다.)

그래서 그 스탬프를 찍어오겠다는 일념 하에 노트와 펜을 챙겨 갔는데, 스탬프만 찍기 아쉬워서 이것저것 쓰기 시작한 게 나의 첫 여행일기가 되었다.

부산 여행을 계기로 쓰기 시작한 여행일기의 내용은 처음엔 단순했다. 몇 월 며칠 몇 시에 어디를 갔고, 무슨 일이 있었다는 한두 줄의 짤막한 기록이었다.

일기를 쓰는 당시에도 너무 좋았지만, 여행을 다녀온 이후에도 문득 그 시간이 그리워 노트를 펼쳐 다시 읽게 되면 설레면서도 두렵고 또 즐거웠던 첫 여행의 추억을 생생하게 느낄 수 있어서 더 좋았다. 시간이 지나면 지날수록 뭐라도 써놓길 잘했구나 싶은 생각이 들기 시작한 그때 덕분에 본격적인 기록생활을 시작하며 즐기게 되었던 것 같다.

그렇다고 그 여행 이후로 전과는 확연히 다른, 꾸준하고 알찬 기록생활을 한 것은 아니다. 물론 그 여행 덕분에 기록의 가치를 알게 되고 이전에 비해 더 열심히 기록을 하게 된 것은 맞지만, 나를 둘러싼 환경은 그대로였다. 나는 학생이었고 해야 할 여러 중요한 일들이 많았기에 여전히 쓰는 날이 반, 안 쓰는 날이 반이었다.

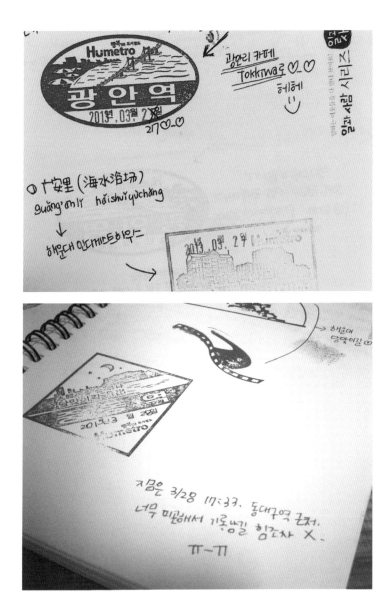

(그때 당시는 아니지만) 사진으로나마 남아있는 20대 시절의 여행일기.

일: 꾸준한 기록의 시작

　지금의 꾸준한 기록 습관이 만들어진 것은 20대 중반, 일을 시작하면서부터이다. 비교적 일을 늦게 시작한 편이라 20대 중반까지도 공부를 하고 있었고, 좋아하는 일이면서도 전공을 살릴 수 있는 일은 뭐가 있을지 계속 고민 중이었다.

　전공과는 전혀 관련 없는 일을 한지 꽤 오랜 시간이 지난 지금이야 전공은 그저 하나의 경험이고, 내가 진짜 좋아하는 일이자 잘할 수 있는 일과 전공은 관련이 없을 수도 있다고 말할 수 있지만, 그때는 이런저런 복잡한 마음에 전공이라는 끈을 놓지 못하고 내내 붙잡고 있었다. 앞으로 무엇을 하며 먹고 살지, 무엇을 할 때 행복한지 고민하기 시작하면서 자연스레 전공 관련 공부와는 멀어지고, 일상과도 같던 글씨 쓰는 일에 푹 빠지게 되었다.

　글씨를 잘 쓴다는 칭찬은 익숙했지만, 쓸 때마다 다른 내 글씨가 내겐 영 마음에 들지 않았다. '캘리그라피(calligraphy)'가 뭔지 제대로 알지도 못한 채 지금보다 더 글씨를 잘 쓰는 데 도움이 되지 않을까 하는 가벼운 마음으로 캘리그라피를 시작하게 되었다. 캘리그라피 세계에 입문하고 보니 '내가 원하고, 나에게 필요한 건 캘리그라피보다 글씨 교정이었구나' 하고 먼 길을 돌아 글씨 교정에 집중하게 되었다. 그러다 나처럼 캘리그라피는 부담스럽지만, 글씨는 더 잘 쓰고 싶은 사람들이 꽤 있지 않을까 하는 생각이 들어 캘리그라피와 손글씨 교정을 합친 수업을 시작했다.

전공과는 전혀 관련 없는 일이었으니 주변에 관련된 분야나 비슷한 일을 하는 사람은 물론, 프리랜서로 일하는 사람이 한 명도 없었기에 직접 하나하나 부딪혀가며 일을 하는 수밖에 없었다.

외주 작업이 아닌 캘리그라피 수업을 시작하려고 보니 수업의 커리큘럼부터 수업 시간과 인원, 기간 등 고민할 것이 많았고, 수업에 쓸 자료도 직접 만들어야 했다. 도무지 어디서부터 어디까지, 또 무엇을 해야 하는지 하나도 감이 잡히지 않았다. 학원이나 단체에 소속되어 있지 않고 내 일정에 맞춰 시간을 만들고 진행해야 했기에 정확하고 효율적인 일정 관리가 필수였다. 0부터 하나하나 차근차근 해나가야 하는 건 알고 있었지만, 온갖 해야 할 일들로 머릿속이 뒤죽박죽인 채 부담감과 스트레스만 쌓여갔다.

그래서 일단 노트를 펼쳐 해야 할 일들을 두서없이 쭉 적

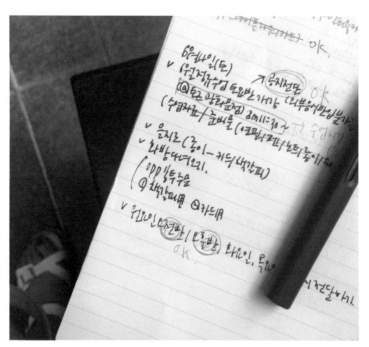

어보았다. 금방 할 수 있는 일, 시간이 필요한 일, 또 가장 먼저 해야 하는 일, 조금 천천히 해도 되는 일 등으로 분류를 하고 체크리스트를 만들었다. 일정 관리가 필요한 일들은 달력을 그려서 순서대로 정리했다. 그렇게 한번 쭉 적은 뒤 표로 만들어 보니 뒤죽박죽 복잡하던 머릿속이 깔끔해지는 느낌이었다.

이미 머릿속으론 알고 있고, 기억하고 있어도 해야 할 일들이 쌓이고 쌓이다 보면 내가 알고 기억하고 있는 게 맞는가 하는 괜한 의심이 생기며 불안해질 때가 있다. 그럴 땐 이렇게 종이에 대충이라도 슥슥 써서 정리해 보면 복잡한 머릿속과 불안한 마음이 싹 정리되고 차분해진다.

내가 노트에 적는 '투두리스트'들을 보면 정말 별거 아닌 일들이다. 누가 보면 '뭐 저런 것까지 적어, 기억력이 많이 안 좋은가'라고 생각할 수도 있는 정말 자잘하고 소소한 것들이 대부분이다. 그럼에도 굳이, 하나하나 귀찮게 적어놓는 이유는 내가 해야 할 일들을 머릿속으로 알고 끝내는 것과 종이에 한 번 더 적어서 눈으로 보고 아는 것은 다르기 때문이다. 머릿속에만 있는 것을 밖으로 꺼내어 한 자 한 자 쓰면서 눈에 보이고 만질 수 있는 형태로 정리했을 땐 안정감

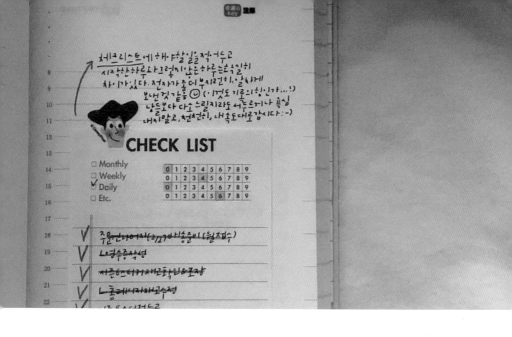

이 생긴다. 무엇보다 나는 노트에 해야 할 일을 적어놓는 것
부터가 그 일의 시작이라고 생각한다. 그러니까 기록은 내가
그날 해야 할 일을 명확하게 알고, 흐르는 대로 흘러가는 것
이 아닌 주도적인 삶을 살기 위한 일이다. 정말 별거 아닌 사
소한 일일지라도 그 일을 끝내고 체크할 때 생기는 작은 성
취감은 나를 단단하게 만들어 주고, 나아가 '내 삶은 내가 컨
트롤할 수 있다'는 자신감과 자존감도 만들어 준다. 그래서
내게 기록은 나를 좋은 방향으로 움직이게 하는 힘이 된다.

한 권? 여러 권?

일을 시작한 초반까지만 해도 내게 다이어리는 한 권이었다. (쓰는 것은 한 개인데, 마음이 급해서 일찌감치 구매했다가 나중에 정말 마음에 쏙 드는 예쁜 다이어리가 나와서 그것도 사고, 쓰다가 마음에 안 들어서 새로 쓰기 위해 또 사서 한 해에 구매한 다이어리가 서너 권이 된 적은 있지만.) 다이어리 하나에 일기도 적고, 업무 관련 일정이나 아이디어도 적고, 책 읽다가 마음에 드는 구절을 발견하면 그것도 적고. 노트 한 권에 모든 것을 다 담으니 여러 권 쓸 필요 없는 것이 편하기도 했지만, 때론 머릿속 정리를 위해 쓰고 있는 노트가 오히려 머릿속을 더 복잡하고 어지럽게 만드는 느낌이 들기도 했다.

옷장 서랍 하나에 옷과 양말, 속옷을 구분 없이 몽땅 한 곳에 넣어둔 기분이랄까. 그 누구에게도 공개하고 싶지 않은 지극히 개인적인 일상과 업무상 해야 하는 일이나 아무 말이나 끄적거려 놓은 시시콜콜한 일을 구분할 필요성을 느꼈다. 그래서 총 두 권의 다이어리를 쓰게 되었다. 다이어리를 두 권으로 구분하기 전에는 한 권에 몽땅 기록을 했고, 까먹기 전에 바로바로 적기 위해 때때로 들고 다니면서 적었는데,

아무래도 쓰는 장소나 컨디션에 따라 글씨가 달라 종종 다시 쓰고 싶다는 생각이 들었다. 어떤 때는 마시던 커피가 튀기도 하고, 물을 엎는 바람에 노트 한 권, 즉 한 해의 기록을 몽땅 망친 암울한 경험도 있다.

그래서 더더욱 노트 구분의 필요성을 느꼈던 것 같다. 노트를 두 권으로 분리해서 큰 사이즈의 노트에 잘 정리한 일상 기록을 담고, 그보다 더 작은 사이즈의 노트에 쓰고 싶은 모든 것들을 적기 시작했다. 그래서 내게 큰 사이즈의 노트는 잘 만들어놓은 아트북 같은 느낌의 노트이고, 작은 사이즈의 노트는 좀 더 정리되지 않은 날것 그대로의 생생한 기록을 담은 저장소이자 업무 파트너, 친구이자 나의 일상과도 같은 노트가 되었다.

하오팅캘리의 슬기로운 기록생활 TIP

◆ 공들여 쓰는 노트와 막 써도 되는 노트 구분하기
→ A4 용지의 절반만한 사이즈의 노트에는 일상의 기록을 적되 좀 더 공들여서 적고, 손바닥만한 작은 사이즈의 포켓 노트에는 순간을 기록하거나 그때그때 해야 하는 일들을 막 적기 시작했다. 두 개의 노트에 적힌 내용은 엄밀히 보면 비슷하지만 일단 두 개의 노트 덕에 구분해서 보관하고 싶었던 것들이 구분된 것 자체만으로도 마음이 한결 편해질 수 있다. 공들여 쓰는 노트와 막 써도 되는 노트가 구분된 것은 분명 내 마음이 편해지는 데 한 몫 했다.

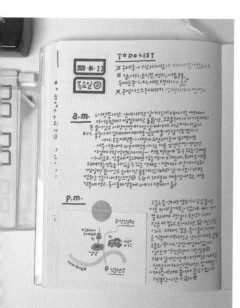

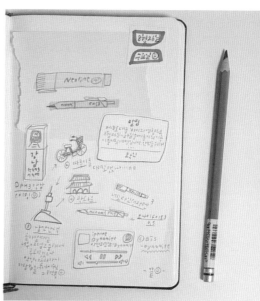

공들여 쓰는 노트

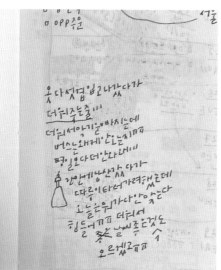

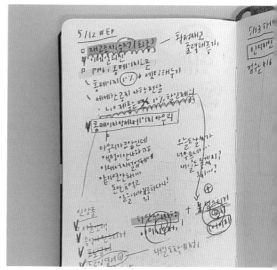

막 써도 되는 노트

당신에게 기록이란 무엇인가요?

작년에 어디와의 인터뷰였는지는 기억이 잘 안 나지만, 서면으로 짧디짧은 인터뷰를 진행한 적이 있다. 그때 받은 질문 중 하나가 '작가님에게 다이어리란?'이라는 질문이었다. 그 질문에 대해 나는 그저 '일상인 것, 때로는 든든한 업무 파트너이고 온갖 추억들이 들어 있는 저장소이자 시시콜콜한 이야기를 들어주는 친구 같은 존재'라고 답변했지만, 처음엔 어딘가 얻어맞은 듯한 느낌이었다. 다이어리라는 것을 내내 끼고 살면서도 그 존재에 대해 한 번도 깊이 생각해본 적이 없었기 때문이다. 뭐라고 정의할 필요도, 그 가치에 대해 생각해 볼 필요도 없다고 생각했던 것 같다.

왜 기록을 하는가. 스스로 던져본 질문에 대해 가장 먼저

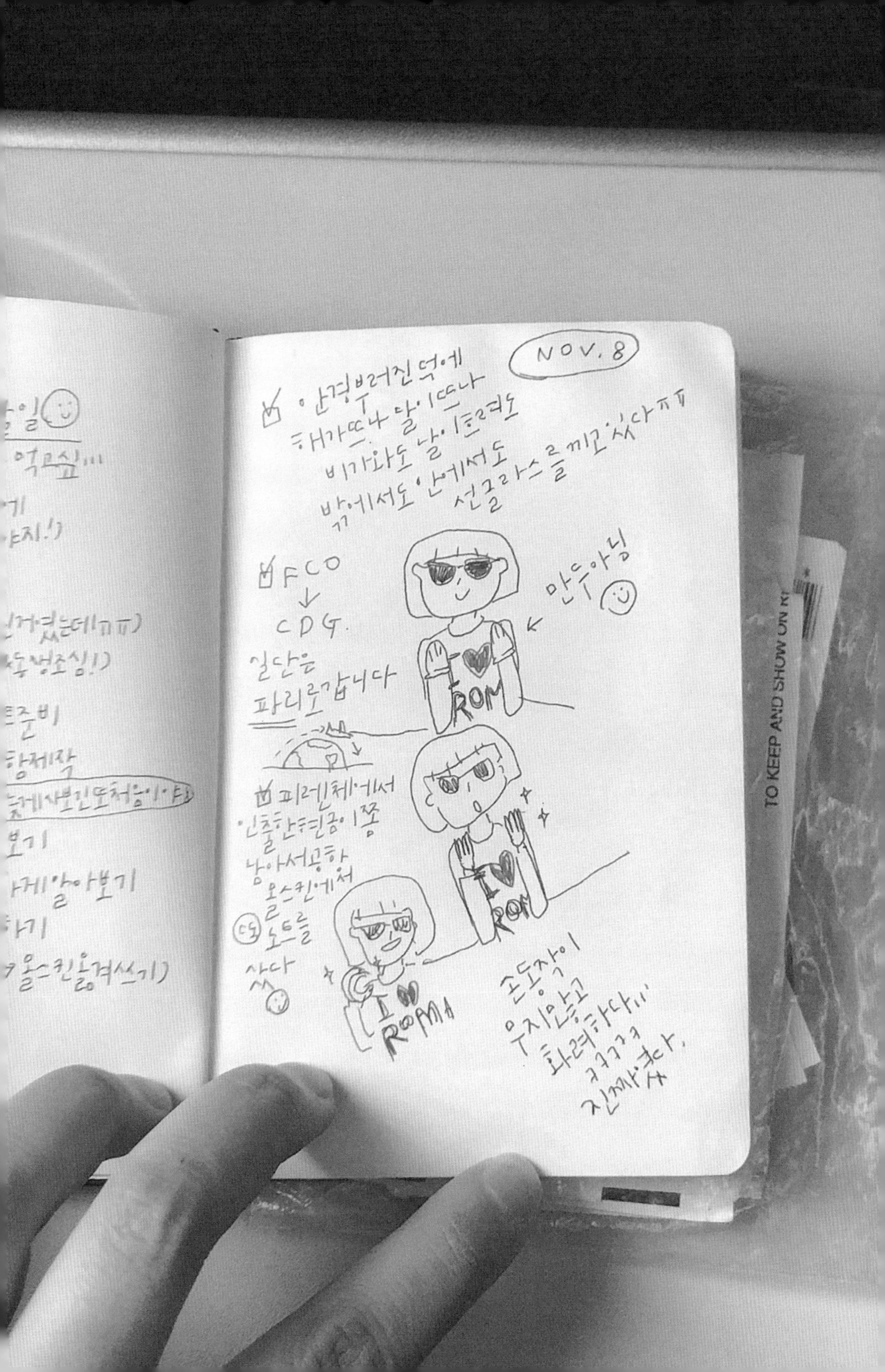
NOV. 8
안경부러진덕에
해가뜨나 달이뜨나
비가와도 날이흐려도
밖에서도 안에서도
선글라스를끼고 있다ㅠㅠ
FCO
CDG.
일단은
파리로갑니다
만두아님
I ♥ ROM
피렌체에서
인출한현금이 1쯤
남아서공항
올스킨에서
(또)
노트를
샀다
I ♥ ROMA
화려하다!!
ㅋㅋㅋㅋ
TO KEEP AND SHOW ON R

튀어나온 답은 '그냥'이었다. 그저 펜이 좋고 종이가 좋아서 만지작거리고 끄적이다 시작하게 되었고, 어쩌다 일상의 한 부분이 되어버렸다. 그렇게 기록은 나도 모르는 사이에 습관처럼 자리 잡아 아무 생각 없이 하는 행위가 되었는지도 모르겠다는 생각도 들었다. 기록이 습관이 된다는 것은 좋은 일이기도 하지만, 너무 당연해서 내게 기록이 주는 이점이나 가치를 놓치고 있었는지도 모른다. 아니면 기록의 가치나 의미에 대한 생각을 구체화시켜볼 필요를 못 느꼈기에 머리로는 알고 있지만 정리가 안 된 상태는 아닐까 하는 생각도 문득 들었다. 무엇보다 '그냥'이라는 두 글자로 내 나름의 알차고도 긴 기록생활을 답한다는 것이 어쩐지 미안하면서도 억울한 기분이었다.

선생님이나 엄마에게 혼나기 싫어 억지로 쓰던 일기에서 효율적인 일을 위해, 또 좋았던 날들을 오래 기억하고 간직하기 위해 자발적인 일기를 쓰기까지. 그 일련의 시간들을 거쳐 오며 일기라는 존재, 기록이라는 행위는 알게 모르게 내 일상에서 특별한 의미를 가지게 되었다. 이유나 목적 없이 시작한 일이 이제는 나름의 명확한 목적과 이유가 있는 행위이자 나의 일상에서 결코 빼놓을 수 없는 일이 되어버린 것이다.

굳이 어떤 행위에 의미를 부여할 필요는 없지만, 그래도 긴 시간 지속하고 있는 일, 늘 더 잘하고 싶다는 마음이 드는 일에 대해서 한 번쯤은 깊게 생각해보고 그 가치나 의미를 정리해볼 필요가 있지 않을까 싶다.

그 짧고도 가벼웠던, 하지만 적어도 나에게만큼은 강렬했던 인터뷰 덕분에 나도 내 기록생활에 대해 어쩌면 처음으로 길고도 깊게 생각해볼 수 있었다.

기록이란, 나를 움직이게 하는 힘

예전에 한 예능 프로그램에서 모 코미디언이 다음 생은 없다고, 엉망으로 살아야 한다고 우스갯소리로 말한 적이 있다. 그 말에 웃으며 "맞아, 맞아" 공감하면서도 진짜 엉망으로 살고 싶은 마음은 없었다. 그 코미디언 말대로 다음 생은 없고, 한 번뿐인 인생이니까. 매 순간 열심히, 또 열정적으로 살지는 못해도 주어진 하루의 가치를 알며 내 속도대로, 내 나름의 열심대로 살고 싶은 게 내 인생의 목표라면 목표다.

지금 생각해보면 20대 초반엔 흐르는 대로 흘러가는, 어쩌면 '될 대로 되라' 식으로 살지 않았나 싶다. 그러다 본격적인 진로 고민을 하면서 내가 좋아하는 것, 또 열심히 잘할 수 있는 것이 무엇인지 알게 된 20대 중반부턴 주체적인 삶에 관심을 갖게 되었다. 전혀 생각지도 못한 캘리그라퍼로서의 삶을 살게 되었고, 내가 좋아하는 일이 업이 되었으니 그 무엇보다 잘하고 싶다는 열정이 가득했었다.

프리랜서의 장점이자 단점은 출퇴근 시간을 내 마음대로 정할 수 있는 것과 수업 이외의 대부분의 업무는 재택근무가 가능하다는 점이다. 내가 편한 시간대에, 굳이 씻고 화장하고 차려입지 않아도 되는 편안한 곳에서 일할 수 있는 것이 장점이라면, 일과 휴식의 공간 구분 없이 일해야 하고, 너무 편해서 몸과 마음 모두 늘어지기 쉬운 것이 단점이다. 그렇다 보니 머리로는 해야 할 일들을 알고 있어도 귀찮아서 미루고 싶을 때가 종종, 아니 생각보다 자주 생겼다.

당장 꼭 해야 하는 일이 아니라면 미룰 수 있을 때까지 최대한 미루다가 결국엔 겨우겨우 몰아서 해치우는 일이 생기기도 한다. 할 일들을 기록해두지 않고 머릿속에만 입력되어 있는 상황이라면 이 핑계 저 핑계를 대며 '오늘 안 해도 괜찮아, 내일 해도 괜찮아' 하고 나태해지는 날이 많다. 또 미룰 수 있을 때까지 미루고, 마감에 임박해서 일을 몰아서 할 때도 많다. 그런 유혹들과 싸우는 게 프리랜서, 아니 적어도 나라는 사람의 일상에서는 어느 일정 부분 이상 차지하고 있는 것 같다. 물론 할 일들을 노트에 써놓는다고 게으르던 생활이 하루아침에 부지런해지는 것도 아니고, 모든 할 일들을 착착 해치울 수 있는 것도 아니다. 다만 써놓으면 어떻게든 그 할 일들을 마치기 위해 움직이게 된다.

인생은 계획대로 흘러가지 않는 것을 알지만, 계획이 없는 하루는 나를 느슨하게 만든다. 하루를 계획하고 기록하는 일을 빼놓을 수 없는 이유다. 그렇게 나에겐 할 일을 적어두는 것이 모든 일의 시작이 되었고, 하루의 시작이자 끝과도 같은 일이 되었다. 그날그날의 해야 할 일을 명확하게 알고, 머릿속에 입력하는 행위는 하루를 흐르는 대로 흘러가게 놔두는 것이 아닌 주도적으로 살겠다는 의미이기도 했다. 그렇기에 기록은 나의 힘이기도 하다. 기록하는 순간 어떤 일을 해낼 수 있다는 힘을 얻는다.

그래서 나에게 노트, 다이어리는 잘하고 싶은 마음과 다짐들이 눌러 담긴 책이며, 기록하는 순간은 어떤 일의 시작이면서, 할 수 있다는 마음가짐을 다지는 마법 같은 순간이다.

6/15 TUE

내가 하는 일, 작업물,
그리고 무엇보다 내 자신이
확신을 갖기.

\ 확고한 (확신)을
갖기위해
후회없이
부던히 노력하기.

'지금'이 아니면 안 되는 것들

창작자에게 가장 필요하면서도 중요한 능력은 창의력이 아닐까 싶다. 그래서 창작자로 활동하면서 늘 마음에 새기고 바라는 것은 독특하면서도 나만의 색을 지녔으면 하는 것이다. 유행에 흔들리거나 남들이 좋다고 하는 것을 만드는 것보다 내가 잘 해낼 수 있는 것, 내 개성을 드러내는 것, 나다운 것을 만들어내고 싶다. 봉준호 감독님이 가장 개인적인 것이 가장 창의적인 것이라고 말씀하셨던 것처럼 말이다.

그래서 영감을 주는 것들과 문득 떠오른 아이디어들을 잘 저장해두는 일은 더더욱 중요하다. 보통 뭘 만들어야겠다 하고 책상 앞에 자리 잡고 앉으면 아무리 머리를 굴려도 아이디어가 떠오르지 않는데, 버스를 타거나 산책을 하다가 정말 예상치 못한 순간에 불현듯 떠오르는 것들이 많다. 그때그때의 생각들을 바로 적어두지 않으면 사라지기 쉽다. 내 머리로는 문득 떠오른 아이디어를 오롯이 기억할 수 없다는 현실을 깨달은 이후부터는 어디를 가든 작은 노트와 쓰기 편한 펜을 꼭 챙겨 나간다.

원고를 쓰면서도 '아, 이런 내용이 들어가면 좋겠다, 얼른 적어놓아야지' 하는 생각을 하고 있었는데, 아침 식사를 준비하는 사이에 바로 잊어버리고 말았다. 대충 어떤 내용이었는지 기억이라도 나면 기억을 훑고 훑어서 찾아 적을 텐데 아쉽게도 전혀 기억이 나질 않는다. 이랬던 적이 한두 번이 아니다.

메모장이나 핸드폰에도 바로 적을 수 없는 상황이면 까먹지 않으려고 핵심이 되는 단어를 계속 읊조리다 메모가 가능한 순간이 오면 바로 적어놓으려고 노력한다. 하지만 그렇게 까먹지 않고 메모한 경우가 반, 그렇지 못한 경우가 반이었던 것 같다. 안 까먹으려고 그 상황에서 가능한 온갖 노력을 했는데도 말이다.

이처럼 모든 생각과 영감을 주는 것들을 몽땅 그때그때 적을 수는 없지만 가능한 선에서는 최대한 미루지 않고 날것 그대로 기록해두려 하고 있다. 오타가 있든, 말든 문장의 문법이나 흐름이 어떻든 지금 써놓지 않으면 기억할 수 없는 것들이니까.

이런 틈새의 기록들은 창작자로 일하는 데에도 상당한 도움을 주지만, 일상에 활력을 불어넣어주기도 한다. 지금의 꾸준한 기록생활을 가능하게 만들어 준, 처음으로 기록하는 재미를 느끼게 해줬던 휴학생 시절의 여행일기처럼 말이다.

코로나 덕분에 더더욱 그렇게 느끼고 있는 것인지는 몰라도 요즘 들어 제일 아쉬운 것은 여행 중에 조금 더 많은 사진을 찍어두지 않은 것과 일기를 더 열심히 쓰지 못한 것이다. 강제로 여행을 쉬고 있는 이 시점에 좋았던 순간을 추억할 만한 것들이, 내 머릿속에 어렴풋이 남아있는 기억을 생생하게 그려줄 무언가가 필요한데, 막상 찾아보면 남아있는 게 없어서 어렴풋한 기억만 붙들고 추억을 곱씹어야 한다는 사실이 너무 아쉬웠다.

'나중'은 없다. 기록은 '지금, 당장'이어야 한다. 한때 이왕 쓰는 거 조금 더 보기 좋고 예쁘게 기록해놓고 싶어서 '집에 가면 마카랑 색연필 꺼내서 예쁘게 써야지' 하고 나중으로 미룬 적이 많았다. 어렴풋하게 남은 기억과 각종 영수증, 그리고 찍어놓은 사진들을 뒤적거리며 쓰는 것은 생각보다 어려운 일이었다. 그렇게 내 기록은 불완전한 기록으로 끝나기 바빴다. 보기 좋게, 예쁘게 쓰고 싶다는 마음에 '지금, 당장의, 순간의 기록'을 놓쳐버린 것이다. 쓰고자 하는 내용보단 겉치레에 초점이 맞춰질 때가 많았다.

그 깨달음 이후엔 기록에선 무엇이 중요할지를 다시금 생각해보게 되었다. 사실 보기 좋게 쓰면서 알찬 기록을 한다는 어려운 일이다. 그래서 요즘은 일기장에 옮겨 적지는 못하더라도 하루를 기억할 수 있는 단 한 줄의 메모라도 해야지, 조금 덜 보기 좋게, 덜 예쁘게 쓰더라도 순간을 담는 기록을 해야지 하는 마음으로 일기를 쓰고 있다. 물론 아직 미적인 요소를 완전히 포기하지는 않았지만 그래도 지금의 우선순위는 '지금', '순간'의 기록이다.

나를 위한 시간과 나를 돌보는 일

얼마 전 어쩌다 가끔 들여다보는 몇 년 전의 노트를 보며 아쉬우면서도 짠하다 싶은 마음이 들었던 적이 있었다. 예전에도 가끔 예전 노트들을 훑어보기는 했지만, 그때는 그런 생각이 전혀 들지 않았는데 말이다.

지금의 꾸준한 기록생활을 만든 것이 바로 그때, 일정 관리나 일의 효율성을 위해 열심히 쓰기 시작한 것이니 아무래도 일과 관련된 메모가 많은 것은 당연한 일일 것이다. 그때나 지금이나 일과 관련된 기록은 중요하지만, 그래도 그 일을 하면서 누구를 만났고, 어떤 생각이 들었으며, 무엇 때문에 기분이 좋았고 또 언짢았는지, 또 무엇에서 스트레스를 받았고, 스트레스는 어떻게 해소했는지 등 나에 대한 조금 더 자세한 이야기가 있었으면 좋았을 텐데 하는 생각이 들었다. 너무 일만 하고 스스로 돌보는 일에, 그러니까 육체적 건강뿐만 아니라 정신적 건강에 대해서는 조금도 관심이 없었던 것이 이제야 보였기 때문이다.

기록하는 습관 덕에 얻게 된 긍정적인 것을 하나 꼽으라면 아무래도 내면의 건강을 챙기게 된 것이다. 20대 후반에 들어서면서부터 나는 내가 자연스럽게 건강에 대해 신경을 쓰기 시작하게 된 줄 알았는데, 과거 노트를 보니 계기가 되었던 때가 떠올랐다. 사실 그 전까지만 해도 건강은 거저 주어지는 것인 줄만 알았기에 관리의 필요성을 못 느끼고 있었다.

정해진 출퇴근 시간이 없는, 말 그대로 '프리랜서'이기에 그땐 밤과 낮이 자주 바뀌어 있기도 했고, 밤샘은 일상과도 같았다. 잠을 제대로 못 자는 날이 많아지면서 체력도 떨어지고 성격은 예민해지고, 나도 모르는 사이 스트레스는 자꾸 쌓여만 갔다. 아니 어쩌면 스트레스를 받고 있다는 것도 몰랐을지도 모른다. 그렇게 그저 쌓아두고만 있다가 결국 탈이 나곤 했다.

잘못된 여러 생활 습관이 겹쳐서 병이 된 것이지만, 어쨌든 결정타는 스트레스였다. 어느 병원을 가도 원인은 스트레스라는 말을 들었을 때 '뭐만 하면 다 스트레스가 원인이래' 하고 가볍게만 생각했는데, 시간이 흐르면 흐를수록 그게 몸으로 이해되기 시작했다. 그렇게 몸으로, 마음으로 고생이란 고생은 다 해보고 나니 육체적 건강뿐만 아니라 정신적 건강 관리도 중요하다는 것을 처음으로 깨닫게 되었던 것 같다.

그때 건강은 거저 주어지는 것이 아니고, 스트레스는 내

버려 둔다고 그냥 없어지지 않는다는 교훈을 얻었다. 스트레스의 원인이 될 만한 일들은 모른 척하거나 속에 담아두고 있지 말고 꺼내어 어떻게든 풀어줘야 한다는 것인데, 나에게 그 방법은 산책과 기록이었다.

보통은 햇볕을 쬐고 바깥 바람을 쐬면서 걷다 보면 머리가 맑아지곤 하는데, 가끔은 산책으로도 스트레스 해소가 안 되는 날이 있다. 그럴 땐 노트를 펼쳐 무슨 일이 있었고, 내 기분은 어떠한지 적는 행위로 마인드 컨트롤을 하며 나를 괴롭히는 생각에 잠기거나 오래 머물러 있지 않으려 노력한다.

현재 내가 가지고 있는 고민이라든가 문제들을 누가 어떻게 해결해주지는 못한다는 것을 잘 알고는 있지만, 그냥 누가 내 이야기를 가만히 들어준다는 것 자체만으로도 위로가 되거나 속이 후련해질 때가 있다. 예전엔 그래도 주절주절 얘기를 잘했던 것 같은데, 한 살 두 살 나이를 먹다 보니 나 편하자고 다른 사람한테 무겁고 힘든 얘기를 하는 게 듣는 사람한테는 버겁거나 또 다른 힘든 일이 될 수도 있겠다는 생각이 들어 누군가에게 털어 놓는 것도 쉽지 않아졌다.

이렇게 때로는 그 누구에게도 말할 수 없고, 말하기 싫을 때가 있다. 그럴 때는 내 손때 가득 묻은 작은 노트 한 권이

ㄷㄷㄷ이티다...
ㅎ 날이롤리네!!!
일어나ㅎ해야했다 ☺
아니야그래도그냥놀러갈까?

손그씨수업이나의유일한 業은 아닌지라
다행히이것ㅅ저것하며나름바쁘게
보내고는 있지만, 자의로 수업을 중단하고
쉴때나 타의로할때의 제일오랜시간
해온일을 자의가아닌 타의로 꽤오랜기간
쉬고있자니 상실감내지는 박탈감이 크게
느껴지는건 어쩔수없다.

내가만든상품이
사용하는사람모두를
만족시킬수는없다.
다만, 제품의 퀄리티
정체성을 놓지않고
제작자의의도는 확실하게하되
제작
할수있는피드백은최대한할것
고칠수있는건고쳐나가기.

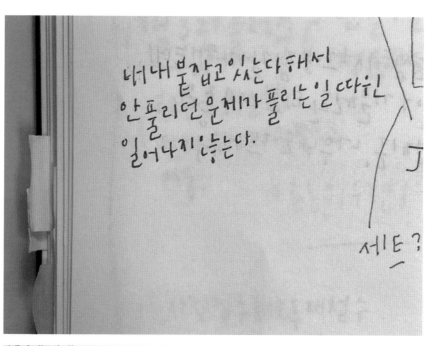

너내 붙잡고 있는다 해서
안 풀리언 운제가 풀리는 일 다 된
일어나지 늘는다.

J

세트?

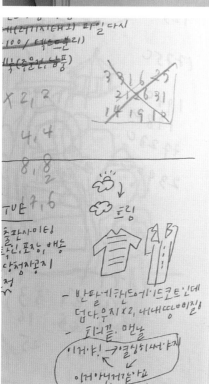

좋은 리스너(listener)가 되어주기도 한다. 어디에 털어놓고는 싶지만 새어나가지는 않았으면 하는 은밀하고 사적인 이야기들을 작은 노트 하나가 묵묵히 들어주고 지켜주는 듯한 기분이 든다.

노트에든, 핸드폰 메모장에든 그런 일들을 기록한다는 것이 사실 썩 내키는 일은 아니다. 처음엔 전혀 생각하지도 않은 일이었다. 오히려 기록을 해두면 다이어리를 불태우지 않는 한 어쩌면 그 기록은 영원히 남아있는 것이고, 그래서 어떻게 보면 그 일을 영원히 기억하게 만드는 일이 될 수도 있다. 또 어쩌면 나의 치부를 드러내는 일이 될 수도 있기에 일기엔 좋은 일, 행복하고 좋았던 순간만 가득 담아야 한다고 생각했다.

하지만 속에 담아두고 혼자 끙끙 앓거나 곪는 것보다는 노트에라도 써서 꺼내어 풀어내는 것이 더 건강한 방법이었던 것 같다. 여름철 높은 습도 때문에 꿉꿉해진 이불도 볕이 좋은 날 한두 시간만이라도 밖에 내놓으면 보송보송해지는 것처럼 스트레스나 안 좋은 생각들을 기록을 통해 밖에 꺼내어 놓는 게 도움이 될 거라 믿는다.

졸리고 귀찮아도 단 몇 줄이라도 쓰기 위해 감기는 눈을 억지로 붙잡아 노트를 펼쳐 한 자 한 자 써내려 가고, 순간의 기록을 놓치지 않기 위해 기울였던 노력이 가능했던 것은 아마 그 모든 것이 다른 누구도 아닌 나를 위한 것이고 다른 어떤 것보다 상위의 가치라는 것을 알게 되었기 때문이 아닐까.

　좋았던 순간도, 힘들었던 순간도 빼먹지 않고 기록하다 보면 알게 된다. 좋았던 순간은 내가 지치지 않고 앞으로 나아갈 수 있게 해주는 원동력이 되고, 힘들었던 순간은 그 당시엔 괴로운 일이었다 할지라도 나중에 보면 무엇과도 바꾸지 못할 경험이며, 나의 밑거름이자 자양분이 됨을.

꾸준함은 기적일지도 몰라

지금이야 내 스타일대로 꾸준한 기록을 쌓아가고 있지만, 나에게도 '꾸준히'라는 것과 거리가 멀던 시절이 당연히 있었다. 늘 1월부터 3월까지만 글씨가 빼곡했지, 그 뒤는 새 다이어리라 해도 믿을 정도로 새하얗던, 매년 새해 계획에 '올해는 다이어리 꾸준히 쓰기'가 빠지지 않고 등장하던 그런 시절 말이다.

예전엔 새해 다이어리가 쏟아져 나오는 9~10월이 1년 중 가장 즐거운 달이라 해도 과언이 아니었다. 즐겨 찾는 온라인 쇼핑몰을 들락날락하며 쇼핑몰별로 구매 사은품들을 비교해보고, 올해는 어떤 다이어리를 사서 쓸까 이것저것 구경하는 재미에 흠뻑 빠져 시간 가는 줄 모르고 구경하기 바빴

다. 그렇게 고심 끝에 구매한 새 다이어리를 펼쳐 연말 연초만 되면 모든 것을 리셋하고 새로운 마음가짐으로 새롭게 다시 해낼 수 있을 것만 같은 에너지로 새해의 다짐과 계획 아래 나름 꾸준하고 알찬 기록을 하고는 했었다.

그때까지만 해도 올해는 다이어리 한 권 다 채우기가 가능할 것 같다는 때 이른 설렘이 가득했는데, 날이 풀리고 꽃이 피기 시작하는 3월엔 나도 같이 풀려 버리는 것일까? 마르고 닳도록 다이어리를 어루만지고 펼쳐 기록하기 바쁘던 것이 한 해의 절반이 채 가기도 전에 지나간 꿈처럼 느껴지기도 했다.

괜히 다이어리 탓을 하며 멀쩡한 다이어리를 놔두고 1년에 다이어리만 서너 권은 기본으로 사서 쓰기도 했다. 야무지게 한 장 두 장을 채워 나가다가 또 다시 빈칸이 하나둘 생기기 시작하고, 무언가가 쓰여 있는 페이지보다 안 쓴 페이지가 더 많아지면서 '올해 다이어리 한 권 다 쓰기도 또 흐지부지 끝나버렸네, 내년에 다시 열심히 쓰지 뭐' 하는 레퍼토리의 반복이었다. 그때를 생각하면 지금 꾸준히 쓰고 있다는 것 자체가 참 기적 같은 일이다 싶은 생각도 든다.

꾸준함을 방해하는 것들

　지속적인 기록이 가능하려면 쓰는 방식이 번거롭거나 어렵지 않아야 한다. 너무 공들이지 않아야 하고, 언제 어디서나 편하게 쓸 수 있는 나만의 방식을 찾아야 한다. 완전함과 완벽함에 조금은 무뎌질 필요가 있다. 잘 쓴 날이 있으면 못 쓴 날도 있는 게 당연하고, 길게 쓴 날이 있으면 짧게 쓰거나 아예 아무것도 쓰지 못하는 날도 있는 것이다. 그것이 어쩌면 순리인데, 매일 '제대로, 잘' 쓰려고 하다 보면 즐거웠던 것이 어렵게 느껴지기도 한다.

　잘 쓰고 싶은 마음 자체가 잘못되거나 나쁘다는 이야기는 절대 아니다. 나만 쓸 수 있는 '나의' 기록이기에 최대한 잘 쓰고 싶은 것은 당연할 것이다. 단순히 글로 쓰는 기록으로는 부족하다 느낄 수도, 이왕 쓰는 거 조금 더 보기 좋고 예쁘게 쓰고 싶은 욕심도 생길 것이다.

　다만 뭐든 과하지 않게 조절해주는 것이 필요하다. 너무 과해지려고 할 때마다 지금 나는 이 시간을 무엇을 위해 쓰려고 하는지, 무엇이 더 중요한 것인지를 곰곰이 생각해본다. 일기를 쓰면서 미적인 요소도 살리고, 알찬 일상의 기록도 하며 일거양득할 수 있다면 좋겠지만, 오히려 꾸준한 기록을 방해할 수도 있음을 상기시키려 한다.

{ '좋은 노트'에 대한 강박 }

불과 3~4년 전까지만 해도 나 또한 스스로를 다이어리 유목민이라 칭하며 한 다이어리에 정착하지 못하고 이 노트 저 노트 쓰던 때가 있었다. 물론 단순히 새 노트가 쓰고 싶다고 바꾼 것만은 아니고 열심히 쓰던 노트에 커피를 엎지르기도 하고, 비에 젖기도 하고, 또 쓰다가 마음에 안 들어서 종이를 북북 찢다가 노트 제본이 망가져 어쩔 수 없이 새 노트가 필요한 일이 생긴 적도 있다. (그땐 그것을 명목으로 조금은 가벼운 마음으로 새 노트로 갈아타곤 했다.)

노트 한 권을 제대로 못 쓰고, 기록이 막힐 때마다 새 노트를 구매하며 꾸준한 기록의 답은 좋은 노트에 있다고 생각하던 때가 있었다. 그렇게 시간은 시간대로, 돈은 돈대로 써서 얻게 된 결론은 유명한 노트라고 해서, 남들이 많이 쓰는 노트라고 해서 좋은 노트라는 보장은 없다는 것이고, 내가 언제 어디서나 편하게 꺼내 쓸 수 있는 노트를 찾는 게 더 중요하다는 것이었다.

내가 쓰기에 크기가 너무 크거나 작지는 않은지, 가격이 너무 비싸진 않은지, 쉽게 구할 수 있는지, 내가 자주 쓰는 펜이나 기록 방식과 어울리는지 등 나와 맞지 않는다면 결코 좋은 노트가 아니다. 요즘은 다행스럽게도 블로그, 인스타그램, 유튜브 등으로 여러 리뷰를 찾아볼 수 있다. 마음에 드는 노트를 발견한다면 구매 전 리뷰를 참고하며 이것을 섹션별로 또 전체적으로 어떻게 내 방식대로 써나갈 것인지 머릿속으로 그려 보면 도움이 될 것 같다.

1) 노트의 형식

그동안 내 취향에 맞게 다이어리를 골라 대체로 잘 써왔던 것 같은데, 어느 순간부터 조금씩 불편해졌다. 주어진 틀 때문에 내가 기록하고 싶은 내용을 칸에 맞춰 쓰고 있다는 불편함, 기록을 칸에 맞추어야 하는 점이 기록을 방해하는 듯한 느낌을 받았다.

기록을 더 생생하게 만들어 줄 그림도 그려 넣고 싶고, 사진이나 스티커, 영수증 등도 붙이고 싶은데, 노트의 틀 때문에 어떤 날엔 쓰고 싶은 내용도 다 못 쓸 때가 많았다. 주어진 칸 안에 하루를 정리해서 써넣는 과제를 하는 기분이랄까. 그날그날의 해야 할 일이나 일정, 그리고 그날의 에피소드를 한두 줄로 정리해서 적는 일기를 쓰는 분들에게는 적합한 형식일 수 있지만, 그날그날 다르게 쓰고 싶은 나에겐 그저 답답한 형식이었음을 뒤늦게 깨달았다.

2) 펜과 노트의 궁합

국산 제품인데다 종이도 비교적 도톰하고, 디자인도 거의 '무(無)'에 가까운 무지노트가 있었다. 이거다 싶어 바로 구매를 하고 한 장 두 장 열심히 쓰던 어느 날, 예상치 못한 문제점을 발견했다. 내가 일기를 쓸 때 주로 쓰는 펜과의 궁합(?)이 안 맞는 것이었다.

같은 필기구라도 보들보들한 종이 위에 글씨를 쓰면 살짝 미끄러지는 듯하면서 흡수되지 않고 종이 위에 그대로 있는 느낌이 드는 반면, 아주 살짝이라도 거친 종이 위에 글씨를 쓰면 잉크가 종이에 그대로 흡수되며 퍼지는 느낌이 드는 노트가 있다. 새로 산 노트는 그래서 가는 굵기의 펜으로 글씨를 써도 몇 배는 글씨가 두껍고 크게 보였고, 필기감도 다르게 느껴졌다. 결국 노트 한 권을 꾸역꾸역 채우기 무섭게 다시 다른 노트를 찾기 시작했다.

3) 기록의 방식

처음엔 작고 네모난 틀 하나 채우는 것도 버거울 때가 있었는데 이제 뭘 써야 할지, 어떻게 쓰면 될지 어느 정도 감이 잡히면서 매해 원하는 다이어리 형식이 달라지기도 한다. 그래서 먼저 고려해야 하는 것은 내가 어떻게 일기를 쓰고 있는지, 어떤 기록 방식을 선호하는지 등을 확인하는 것이다.

스티커나 각종 영수증, 티켓 등을 활용하는 것을 좋아하는지, 아니면 글씨만으로 간략하게 채우는 것을 좋아하는지,

또 간단하게 두세 줄로 일기를 쓰는지 아니면 쓸 수 있는 모든 것을 쓰는지, 한 주의 시작이 일요일인 게 편한지 아니면 월요일인 게 편한지, 보들보들한 종이를 좋아하는지 아니면 살짝 거친 느낌의 종이를 좋아하는지 등. 꾸준한 기록을 위해서는 내 기록 방식과 취향을 살펴보는 일이 가장 우선시되어야 한다.

하오팅캘리의 슬기로운 기록생활 TIP

◆ 기록을 '잘' 남길 수 있는 노트에 기록하기

→ 이전에는 사이즈를 구분하여 두 권의 노트에 기록을 했다. 포켓 사이즈 노트에는 일기, 업무 관련 메모 등 내용 구분 없이 몽땅 기록했고, 라지 사이즈 노트엔 포켓 사이즈 노트에 써놓은 일기만 '잘' 옮겨 써놓았다. 지금은 두 권의 포켓 사이즈 노트를 사용 중인데, 한 권엔 일기를 제외한 모든 기록을, 다른 한 권엔 일기만을 쓴다. 사이즈가 작아진 덕에 일기에 대한 부담도 줄고, 글씨와 형식에 상관없이 꾸미기에 신경을 덜 쓰는 편한 기록을 할 수 있게 되었다.

{ '잘' 쓰고 싶은 마음 }

일기를 쓰고 기록이란 것을 하면서 일상의 작은 기록이 나중에는 추억이고 재산이 됨을 자연스럽게 터득하게 되었다. 그래서 그 이후론 모든 순간을 기록할 수는 없어도 가능한 한 많은 일상의 순간들을 담으려 애쓰기 시작했다.

지금이야 캘리그라퍼로 일하기 시작한 초반부터(그땐 그저 업무 노트로 사용했지만) 쭉 함께해온 몰스킨 노트를 사용 중이지만, 생각해보면 그 노트에 정착하기 전까지 사용했던 노트들은 어딘가 꼭 쓰기 불편하거나 마음에 안 드는 점이 반드시 생겼다(그렇다고 몰스킨 노트가 완벽하게 만족스럽다는 것은 아니다. 더 좋은 노트를 발견하면 언제든 떠날 준비는 되어 있다). 그 당시 내 마음을 가장 불편했던 것은 정해진 틀에 일기를 써야 하는 것이었다.

더구나 여행이라도 떠날 땐, 여행이라는 특별한 순간을 더 '잘' 기록하기 위해 마카 펜, 색연필, 마스킹테이프, 가위 등 온갖 잡동사니를 다 챙겨서 가기도 했다. 그렇게 철저하게, 하지만 과하다 싶을 정도로 준비를 해서 가도 일기 쓰는 것은 쉽지 않았다. 오히려 지금 생각해보면 대실패였다.

'꾸준히' 일기를 쓴다는 것은 매일, 빼먹지 않고 일기를 쓴다는 것이 아니다. 쓸 수 있는 날은 최대한 알차게 쓰고, 그렇지 않은 날은 그런대로 쓰면 된다. 가끔 쉬어가는 것도 나쁘진 않다. 이야기가 넘치는 날도 있으면 없는 날도 있는 게 당연하고, 또 어떻게 보면 빈 페이지도 하나의 기록일 것이다. 그리고 빈칸이 있으면 또 어떻고, 게으르면 어떻고 밀려 쓰면 또 어떻단 말인가. 내가 생각하는 꾸준히 기록한다는 것은, 매일매일 알차게 쓰진 못하더라도 기록이라는 끈을 놓지 않고, 포기하지 않고 끝까지 써내려 가는 것이 아닐까 싶다.

1) 강박

  정해진 틀이 있다는 것은 쓸 때마다 틀을 만들어 써야 하는 번거로움 없이 쓸 내용만 잘 정리해서 채우기만 하면 되기에 간편한 것 같으면서도 그 칸을 다 채워야 한다는 강박을 주기도 한다. 빈칸에 대한 강박이 생기니 하나둘 늘어나는 빈칸을 쳐다보기 싫어서 스티커나 마스킹테이프를 여기저기 붙이기도 하고, 영수증으로 빈칸을 가리기도 했다. 그러다 빈칸을 마주하기 싫어서 일기장을 아예 펼쳐보지도 않게 되고, 그렇게 그 해의 기록은 끝나게 되었다.

  여행 중 기록을 할 땐 '제대로, 잘' 쓰기 위해 여행을 마친 후 집에 와서 기록을 했다. 하지만 오로지 기억에만 의존해서 지난 일기를 쓰니 막막한 것은 둘째치고, 특별하게 기록하기 위해 그림도 그리고, 보딩 패스나 각종 영수증, 명함들도 보기 좋게 정리해서 붙이고, 글도 새로 배치해야 하는 상황이 생겼다. '오늘'의 일기를 쓰기도 바쁜데, 지난날의 일기를 '잘' 쓰려고 하니 마음에 안 드는 것들만 가득해 썼다가 지우기를 반복했다. 노트를 찢어가며 쓰다 보니 결국 지쳐서 쓰지 않게 되었다. 그야말로 용두사미인 것이다.

2) 죄책감

어떤 일을 할 때, 그 일을 지속하기 어렵게 만드는 가장 큰 장애물 중 하나는 '내 탓'이 아닐까 싶다. 남의 탓만 하며 원인을 내가 아닌 다른 곳에서만 찾는 것도 문제지만, 모든 문제의 원인이자 이유가 '나'라고 생각하는 것도 큰 문제일 것이다. 과거의 기록을 생각해 보면, 내가 끈기가 없어서, 내가 게을러서 일기 한 권도 제대로 못 쓴다고만 생각했다.

매번 생기는 다이어리의 빈칸을 보며 '너는 일기를 제때 쓰지 않았구나?', '일기에 쓸 단 한 문장, 단어도 없이 게으르게 살았구나?' 하는 괜한 죄책감을 가졌다. 매년 늘 새로운 마음으로 도전은 하지만, 역시나 '나는 꾸준함과는 거리가 멀구나' 하고 자책하고 스스로 미워하기 바빴다.

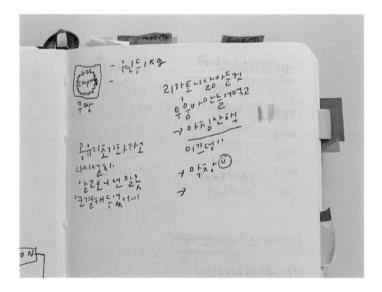

[하오팅캘리의 슬기로운 기록생활 TIP]

◆ 나만의 규칙 만들기

→ 일기를 쓰는 시간은 매일 밤 자기 전 혹은 다음날 아침. 한꺼번에 모든 내용을 정리해서 쓰려면 생각도 잘 안 나고 어렵다. 그때그때 틈새의 기록을 남겨둔 뒤 옮겨 써보자! 완전한 문장으로 쓸 필요도, 오타가 생겨도 상관없다. 아무 기록을 하지 못한 날도 무언가를 남기려 애쓸 필요 없다. 그림을 그리고 꾸미는 부가적인 일은 일상의 기록을 도우면서 그 기록을 즐겁게 만들어주는 힘이라는 것을 잊지 말되, 과해지지 않도록 주의하자.

◆ 완벽함에 무뎌질 것

→ 때론 엉성한 것이 더 매력적으로 다가오기도 한다. 잘 쓴 날이 있으면, 못 쓴 날도 있는 게 당연하다. 길게 쓴 날이 있으면 짧게 쓰거나 아예 아무것도 쓰지 못하는 날도 있는 것이다. 매일매일을 '제대로', '잘' 쓰려고 하면 즐겁게 하던 일도 어느 순간 어렵고 지겨운 일이 된다.

{ 타인의 시선 }

SNS에 다이어리를 처음 업로드한 것은 아마 2015년에서 2016년 사이였을 것이다. 그때는 기록의 한 페이지를 공유하기 위해 올린 것이 아니라 손글씨를 조금 더 보기 좋게 쓰면 실생활에서 여기저기 써먹을 수 있는 부분이 많아지고, 일상이 조금 더 즐거워질 수 있다는 것을 어필하기 위해 올렸던 것 같다. 별 생각 없이 올린 한 페이지였는데, 좋아해주시는 분들이 생각보다 많았다.

그러나 이때는 스스로도 다이어리의 의미나 기록의 이유, 가치 등에 대해 깊이 생각해본 적이 없는 때였다. 그 당시에도 왜 일기를 쓰고 기록을 하는지 질문을 받는다면 아마 "그냥"이라고 대답했을 것이다. 기록에 대한 어떠한 개념이나 생각이 잡히기 전 SNS에 기록 공유부터 하다 보니 어느새 나도 모르게 타인의 시선이나 생각을 신경 쓰고 있었다.

기록이라는 것이 대단하거나 완전할 필요는 없다. 그저 쓰고 싶은 것을 쓰고, 남기고 싶은 것을 남기자. 중요한 것은 기록의 모든 포커스가 '나'여야 하는 것이다. 손글씨 수업을 할 때 첫 시간에 늘 강조했던 것은 내가 알려드리는 것이 정답은 아니라는 것이다. 남이 만들고 얘기하는 틀에 나를 맞추려 하지 말고, 나만의 것을 써나가는 것이 제일 중요하다. 때론 딱 한 개의 단어일지라도, 사진 한 장일지라도 충분하다. 다른 사람들의 기록과 또 기록에 대한 조언은 참고할 만한 것이지, 나한테 적용할 필요는 없다. 다른 것들을 신경 쓰는 순간 내 기록은 방향도, 쓰고자 하는 바도 잃는다. 또 좋은 것만 '잘' 써넣어야 할 것 같은 기분에 사로잡힌다.

그러나 우리의, 아니 나의 일기장은 좋은 것, 행복한 것은 물론 슬프고 짜증나고 우울하고 때론 찌질하고 허접한 것들까지 뭐가 어떻든 다 받아주는 든든한 존재라는 것을 잊지 말자. 일기라는 것은 지극히 개인적인 기록이고, 정답이란 존재하지 않는다. 정답이 있다면 내가 써내려 가는 것이 정답이다. 내 스타일의 기록법이 주류가 아니거나 기존에 없었다고 해도 무너지지 말자. 내가 또 하나의 장르가 되면 되는 것이니까.

1) 자기검열

인스타그램이나 블로그 등 SNS에 한 번이라도 본인의 기록을 공유해본 사람이라면 알겠지만, 나도 모르게 자기검열을 하게 된다. 일기를 쓰는 것이 아닌 그럴듯한 콘텐츠를 만들어 공유하는 것에 초점이 맞춰지는 것이다. 내 일상을 기록하며 간직하고자 했던 것이 보여주기 위한 것들이 되고 가장 솔직할 수 있는 시간마저 솔직하지 못하게 되었다. 나 또한 기록을 하는 것일까, 아니면 단지 아트워크를 만들고 있는 것일까 하는 고민에 빠진 적이 있다.

SNS 속 다른 사람들이 이야기하는 좋은 기록과 나쁜 기록에 지나치게 신경 쓸수록 나는 어떻게 일기를 쓰고 남겨야 기록을 계속할 수 있을지, 그 시간이 가치 있고 즐겁게 느껴질지 의문만 가득해졌다. 그러나 반대로 다양한 기록 방식을 접하며 여러 시도를 해보니 점점 내게 맞는 것이 무엇인지 알게 되었다. 사실 답은 나에게 있었다. '옳고 그름'이 아닌 '다름'만 존재할 뿐이었다. 애초에 내 기록 방식이 타인에겐 어떻게 비치는지, 그리고 그게 맞는 건지, 잘 쓰고 있는 것인지 아닌지와 같은 의문을 가질 필요가 없었다.

2) 고정관념

타인의 시선을 생각하다 보니 기록의 방향을 잃은 채 그저 좋은 것을 '잘' 써넣어야 할 것 같은 기분에 사로잡혔다. 구구절절 빼곡하게 쓴 일기, 배치를 잘하고 잘 꾸며 눈에 보기 좋은 일기. 그러나 시간이 지나며 사람마다 기록을 시작하게 된 계기와 이유가 모두 다르듯이 담기는 내용과 방식도 모두 다르다는 것을 알게 되었다. 그날의 대표적인 단어 또는 구로만 남긴 일기, 몇 가지 긴 문장들로 남긴 하루, 사진을 붙이거나 알록달록한 스티커들로 기록한 일기 등 그저 본인이 편하고 오래 할 수 있는 방식으로만 쓰면 되는 것이다. 기록은 이래야 한다는 고정관념에 묶여 있을 필요가 없었다.

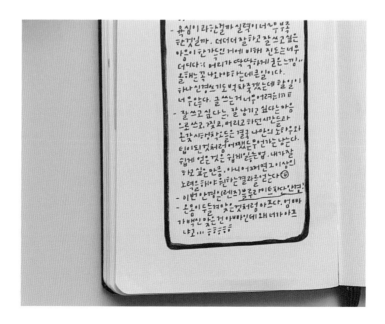

[하오팅캘리의 슬기로운 기록생활 TIP]

◆ 진솔하게 기록하기

→ 일기라는 것은 가장 진솔한 태도로 대할 때 가치가 더 크게 느껴지는 것 같다. 일기를 쓰고 일상을 남기는 것이 아닌 그저 하나의 콘텐츠로서 자신의 기록을 대하게 되면 정작 내가 쓰고 싶었던 것은 무엇인지 잊게 되거나 나와 내 일상을 그저 보기 좋게 꾸미려고만 하게 된다. 일기에는 뭐든 가리지 않고 적되, 사적인 부분은 나만 간직하면 된다. 기록하는 시간은 내가 가장 솔직해질 수 있는, 나를 제대로 돌아볼 수 있는 시간임을 잊지 말자.

◆ 나의 방식을 믿기

→ 무엇이든 처음은 어렵다. 기록도 마찬가지. 다양한 시도를 할수록 시간만 많이 걸리는 느낌이 들거나 잘하는 게 맞는지 의문의 연속일 때가 많을 것이다. 그러나 이 과정에서 데이터는 차곡차곡 쌓여가고 있을 것이다. 글씨가 어떻든, 내용이 어떻든 일단 하루 한 줄이라도 적어보는 연습을 하자. 그러다 보면 자연스럽게 감이 잡힐 때가 있다. 매일 쌓아올린 것은 절대 배신하지 않는다. 나만의 방식을 믿고 '꾸준히'만 해보자.

사소하지만 소중한 것들을 오래 기억하기 위해서

　매년 다이어리를 사서 기록이란 것을 하긴 했지만, 지금의 알차고도 든든한 기록생활의 토대가 된 것은 일을 시작하면서 쓰기 시작한, 일상의 기록보다 업무 관련 기록이 더 많았던 시절의 노트였다. 언제 어디서나 늘 가지고 다니면서 해야 할 일들을 체크하고, 동선을 적고, 생각나는 아이디어들을 적고, 중간중간 무슨 일이 있었다 하는 아주 짧고도 간략한 사소한 에피소드들까지 적다보니 노트 한 권이 생각보다 금방, 또 빈틈없이 채워졌다. 늘 빈칸투성이었던 노트들만 보다가 노트 한 권이 뚝딱 채워진 것을 보니 신기하면서도 어떤 때보다도 뿌듯한 기분이 들었다. 고작 노트 한 권을 다 썼을 뿐인데 말이다.

　그땐 그 사실이 못내 신기해서 첫 장부터 마지막 장까지 괜히 한 장 한 장 넘기며 읽어보기도 했다. 매일 들고 다니며 필요할 때마다 펼쳐보고, 중간중간 무언가를 쓰며 남긴 손때들은 어쩐지 열심히 살아왔다는 증거 같아서 괜히 벅찬 마음이 들기도 했다.

노트 한 권을 꽉 채운 것은 특별한 내용이 아니었다. 오늘은 몇 시에 어디에서 수업이 있고, 무엇을 준비해야 하며, 어디를 다녀와야 하는지 등 일종의 '투두리스트'이자 굳이 적어놓지 않아도 됐을 법한 사소하다면 사소한 일들이었다. 그러나 그 짧고도 간단한, 사소한 기록이 없었더라면 나는 그날 무엇을 하면서 지냈는지 몰랐을 것이다. 나는 그 기록 덕분에 추억할 수 있는 하루를 더 가질 수 있었고, 추억하고 뒤돌아볼 수 있는 하루가 있다는 것은 감사한 일이었다. 마치 기대하지 않았던 선물을 받은 기분이었다.

무언가를 쓸 때는 그 순간을 위한 기록이라 생각했는데, 써놓고 보니 나중을 위한 것이 되어있기도 했다. '이런 일을 하면서 지냈구나', '그래 이런 때도 있었지' 하며 과거 여행을 가능하게 해주는 존재이기도 했고, '이불킥'을 부르는 흑역사부터 슬프고 화났던 순간까지 당시의 기록들이 '지금 이 순간'을 살아가게 해주는 힘이 되어주기도 했다. 켜켜이 쌓인 과거의 기록들은 내가 어떻게 살아왔는지를 보여주는 나의 역사가 되기도 했다.

연필이 좋고 종이가 좋아서 단순한 끄적거림으로 시작했던 것이 잘하고 싶은 마음을 실현해줄 도구가 되기도 하고,

추억이 저장된 앨범이기도 하고, 친구이자 휴식 같은 존재가 되기도 했다. 기록이란 건 내겐 늘 어렵고 멀기만 한 존재였는데 대단한 것이 아니었다. 모든 포커스를 '나'에게 맞추고, 그저 쓰고 싶은 것을 적고, 남기고 싶은 것을 남기면 되는 것이었다. 내가 계속 기록하도록 만드는 힘은 바로 이것이었다. 기록하는 시간도, 또 그렇게 남은 결과물도 다른 누구도 아닌 온전히 '나'를 위한 것이라는 것. 노트 한 장 한 장에 무엇이 어떻게 적혀있든, 그것들은 모두 나를 위한 아카이빙이자 나에 대한 데이터베이스였다.

일단 뭐든 기록해보자. 그 기록이 언젠가는 나를 위로하고 격려하고, 때론 채찍질을 해주기도 하고, 필요한 아이디어를 스윽 꺼내주기도 할 것이다. 때로는 필요에 의해서, 때로는 심심해서, 때로는 답답한 마음에 적었던 모든 것들이 현재의 나뿐만 아닌 미래의 나를 위한 밑거름이고 자양분이었을 줄이야. 열의와 열정 넘치는 하루하루를 살고 있는 것은 아니지만, 그래도 사는 동안은 내 속도대로 최선을 다해 사는 것이 삶의 목표라면 목표다. 그러니 내가 자랄 수 있을 때까진 최대한 건강하고 바르게 자라기 위한 자양분을 계속 주는 수밖에.

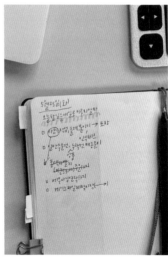

꿈에 그리던 커리어우먼 흉내를 내겠다고 당시의 나에겐 큰 돈으로 만년필도 구매해서 하루하루의 일정을 노트에 정리하던 적이 있다. 노트에 시시콜콜한 일상의 이야기들은 적지 못해도 꼭 적고 넘어가던 것이 있었는데 그것은 바로 '투두리스트'이다. 몇 월, 며칠, 몇 시, 어디에서 수업이 있고, 또 몇 시엔 인쇄소에 방문해야 하고, 몇 시엔 누구의 수업 보강이 있고 등등.

사실 웬만한 일정은 굳이 써서 정리하지 않아도 이미 머릿속에 입력되어 있는 것들이다. 그런데 굳이, 번거롭게 써서 정리하던 이유는 아마 잘하고 싶은 마음, 실수하고 싶지 않은 마음 때문이었을 것이다. 해야 할 일을 온전히 알면 그 일의 절반 이상은 이미 해낸 것과 같다고 생각하기 때문이다. 할 일들을 노트에 써넣는 것 자체가 나는 이 일을 해낼 수 있고, 또 이미 해내고 있다는 시그널이기도 했다.

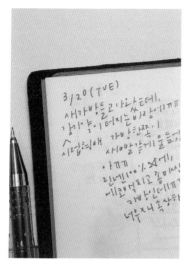 

그래도 핸드폰 메모장에, 가방 속에 꾸깃꾸깃 넣어 들고 다니던 작은 노트에 간간히, 또 아주 짤막하게 적어둔 일기 덕에 그래도 '이거라도 써놓아서 참 다행이다' 싶은 생각이 든 적이 한두 번이 아니었다. 글씨는 엉망진창에, 초등학생 일기 수준의 글이었지만 틈새의 기록 덕분에 일기를 다시 읽다 보면 그날 공기의 흐름마저도 느껴지는 듯한 기분이었다.

그렇게 쌓인 틈새의 기록 덕분에 알게 된 것은 기억력이 암만 좋다고 해도 순간 번쩍이고 스쳐 지나가는 생각들은 잘 메모해두지 않으면 좀처럼 기억해낼 수 없다는 것이다. 또한, 바로 적지 않으면 내 입맛에 맞게, 내가 기억하고 싶은 대로 왜곡하기 쉽다는 것이다.

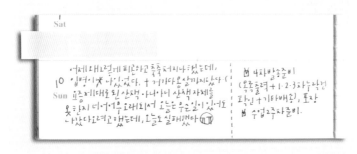

꼬박꼬박 영양제를 챙겨 먹고, 운동하며 육체적 건강을 챙기는 것처럼 일기 쓰기는 나의 내면의 안녕과 건강을 챙기는 방법 중 하나가 되었다. 바쁜 현대 사회 속에서 나는 무슨 일을 하고 있고, 어떤 사람들과 어울리고 있는지, 또 몇 시에 일어나서 뭘 먹고, 무슨 일을 했으며, 누굴 만났는데 어땠고, 어떤 생각을 했는지, 또 어떤 감정이 들었는지 같은 아주 시시콜콜한 내 일상의 기록이 내 자신에게 집중할 수 있는 시간을 만들어 주었고, 그 기록은 나를 아는 것이자 나를 돌보는 일이며, 나를 외적으로도 내적으로도 건강하게 만들었다.

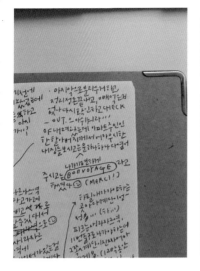
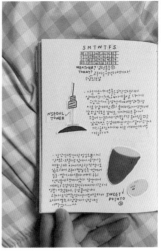

기록하는 시간과 그렇게 남긴 기록들은 나에겐 휴식이자 숨 쉴 구멍이기도 했다. 머리가 복잡해서 정리가 필요하거나 기분 전환이 필요할 때, 좋아하는 것을 하며 시간을 보내고 싶을 때, 아니 그냥 아무것도 안 하고 싶을 때에도 가장 먼저 찾는 것은 산책과 기록이었다. 타박타박 걸으며 콧바람을 쐬기만 해도, 해야 할 일들을 적어놓기만 해도, 그냥 아무 의미 없는 낙서를 하더라도 들썩거렸던 마음이 고요해지는 기분이었다. 그리고 어떤 일이든 충분히 헤쳐 나갈 수 있을 것 같은 에너지를 얻기도 했다.

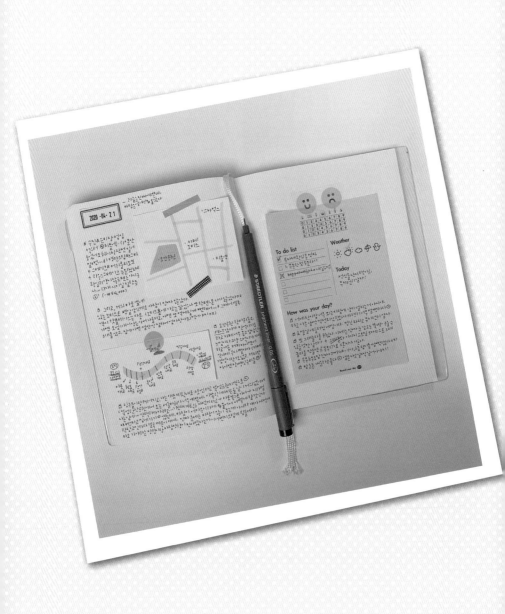

Part 3

시작하기:

펜 하나로 시작하는

슬기로운 기록생활

"무엇을 어떻게 기록하나요?"

wed	thu	fri	sat	memo
			1 근로자의날 ·피터팬 1978 ·따릉이 ·비화서 ㅠㅠ	~ 나랑은 1도 상관없지 지만 그래도 ⓑ 요일인게 슬프다 :(
	냄새도 맡기실...	이세진지 이쳤흥ㅠㅠ		
어린이날 따릉이 ⓙ 잠실교보		7 택배×5 ⓓ 다이소 ⓑ 서공계산서	8 어버이날 ⓑ 퇴방 ⓑ 상세컷 →	
2	13	ㄴ 연희동 → 잠실 → 남한산성 (원두&소금빵 구매함 ⓤ)	15	
9	20 두통이너무심해 냐내 누워 있었다 :(	21	22 따릉이 소금빵교보 ⓤ (이게위랑) 납품준비(포장) 오픈(~23日)	원고전송ㅠㅠ (이번달 안에 보내기)
6	27 따릉이 ⓤ	28 일하기싫어 ㅠㅠ	29	
택배접수 ALL 납고시도작성 발송 누락건_발송 ㄴ내가톡드리기				

먼슬리(monthly)

먼슬리를 쓰는 이유

과거엔 다이어리에 기본으로 들어간 페이지이기에 별생각 없이, 또는 채워야 하는 의무감으로 썼다. 그렇게 매달 한두 페이지의 '먼슬리'가 쌓이고 보니 지난 일기를 하나하나 뒤져보지 않아도 한 달 단위로 있었던 일들이나 일정을 한눈에 파악할 수 있어 좋았다. 또 '위클리(weekly)'나 '데일리' 페이지보다 비교적 짧은 시간과 노력을 들여 금방 완성할 수 있고, 또 그만큼 기록하는 재미도 쉽게 느낄 수 있는 것이 먼슬리 페이지 기록의 장점이 아닐까 싶다.

먼슬리에 기록하는 것들

보통은 그날의 대표할 만한 일들을 간단하게 적어두는 편이고, 약속이 있거나 휴가, 병원 예약, 업무 미팅 등 중요한 일정이 있다면 사소한 일상보다 먼저 적어두는 편이다. 여러 페이지를 훑어보지 않아도 어떤 일이 있었는지 보기 위해 적기도 하지만, 달력에 중요한 일정을 표시해두는 것처럼 중요한 일정을 까먹지 않기 위한 목적이 크기 때문이다.

먼슬리 쓰는 법

{ 준비 작업 }

매일 밤, 자기 전에 하루 한 페이지의 일기를 쓰거나 그게 여의치 않을 땐 그날 하루를 대표할 만한 단어나 짧은 구로 일상을 기록하는데, 그것조차 쉽지 않을 때가 있다.

뒤늦게나마 빈칸을 채워보려고 하지만 이미 얼마간의 시간이 지나서 (어떤 때는 바로 어제의 일도 기억하기 힘들다) 뭘 쓰고

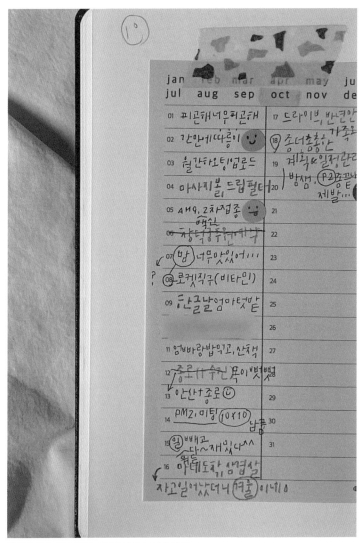

단어나 짧은 구로 따로 기록하고 있는 먼슬리 폼

싶어도 쓸 수 없는 상황에 맞닥뜨리기도 한다.

이렇게 당일의 일기처럼 생생하고 또 이것저것 알차게 쓰기는 어렵지만, 그래도 뭐라도 써서 하루를 기록으로 남기고 싶을 땐 먼슬리 페이지가 딱이다. 굳이 길고도 구구절절한 글이 아닌 단어 몇 개로도 충분하기 때문이다.

먼슬리는 위클리나 데일리와는 달리 1일부터 짧게는 29일, 길게는 31일까지의 칸 전체가 하나의 페이지이기 때문에 빈 칸 두세 개쯤은 아무렇지 않아서(?) 기록에 대한 압박감이나 부담감이 비교적 적다. 그래서 과거에 종종 애용했던 방식이기도 하다.

먼슬리라도 제대로 기록해서 남기고 싶다 할 때 내가 하는 준비 작업이 있다. 먼저 1일부터 말일까지 한 일, 또는 있었던 일 등을 기억을 더듬어 대충 정리해본다. 한 달 내내 기록을 못 한 것이 아니라면 중간중간 쓴 일기를 훑어보면서 그 하루를 대표할 만한 한 단어나 구를 먼슬리에 써넣는다.

이렇게 1차적으로 채워도 남아있는 칸들은 핸드폰 앨범, 문자나 메신저 기록, 지출 내역 등을 싹 훑어보고 채워 넣는다. 꼭 무슨 일이 있었는지, 누구를 만났는지에 대한 것만이 기록의 전부는 아니다. 어디에 돈을 썼고, 무슨 음악을 들었고, 또 무엇을 본 것도 내 일상의 부분이기에 좋은 기록 거리가 된다.

처음엔 다이어리의 기본 옵션과도 같은 페이지라 의무감으로 채웠던 먼슬리 페이지였는데, 쌓이고 보니 기록이라는 것은 굳이 긴 문장으로 그럴듯하게 쓰지 않아도 된다는 것을 알게 되었다. 그래서 따로 먼슬리 형식의 메모지를 만들어 때론 들고 다니기도 하면서 일정 확인도 하고, 또 그때그때 채우는 재미를 느끼기도 했다.

[하오팅캘리의 슬기로운 기록생활 TIP]

◆ 한 달 일정을 대충 정리해보기

→ 한 달 동안 내가 했던 일, 또는 있었던 일 등을 기억을 더듬어 대충 정리해본다. 하루를 대표할 만한 한 단어나 구를 넣어도 좋다.

◆ 틈새의 기록 확인하기

→ 그래도 남은 빈칸들에는 핸드폰 앨범, 문자나 메신저 기록, 영수증 등 지출 내역 같은 것들을 훑어보면서 채워넣는다.

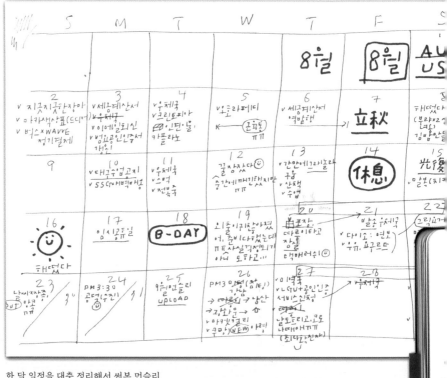

한 달 일정을 대충 정리해서 써본 먼슬리

MON	TUE	WED	THU	FRI	SAT	MEMO
					1 8월	
3	4	5	6	7 立秋	8	
10	11	12	13	14 休息	15 광복절	
17	18 B-DAY	19	[20]	✓21	22	
24 / 31	25 UPLOAD	26	[27]	28	29	

틈새의 기록까지 확인 후 다시 옮겨 쓴 먼슬리

{ 번거롭지만 굳이 예쁘게 쓰고 싶을 때 }

어찌어찌 먼슬리 페이지를 채웠는데, 그래도 이왕 쓰는 거 조금 더 깔끔하고 보기 좋게, 번거로워도 굳이 잘 쓰고 싶을 때가 있다.

기록의 생명은 지금 바로 적는 것이라 생각하기에 나는 먼슬리 또한 그때그때 바로 적어놓되 편하게 써놓고, 월말 또는 그다음 달 초에 옮겨 쓰고 있다. 단지 미적인 요소가 마음

포켓 사이즈 노트에 대충 써넣은 먼슬리

에 들지 않았기 때문이라면 번거로움을 무릅쓰며 두 번의 수고를 하지는 않았을 것이다.

　먼슬리를 적을 때 제일 먼저 적어두는 것은 공휴일이라든가 가족, 지인과 관련된 기념일, 그리고 이전에 잡아놓은 중요한 약속들이다. 공휴일이나 기념일은 변동 가능성이 없지만, 미팅이라든가 지인들과의 만남 약속은 언제든 변동 가능한 일정들이다. 그래도 일단은 일정 관리를 위해 적어두었다가 취소되거나 변경이 생기면 써놓았던 일정 위에 X자로 표

라지 사이즈 노트에 옮겨 쓴 먼슬리

시를 하고 그 밑이나 변경된 일자에 다시 그 약속을 적어두곤 했다. 하루에 쓸 수 있는 칸은 제한적인데 고치고 다시 쓰고 또 쓰고 하다 보니 지저분하기도 하고, 다른 일정이나 중요한 것들을 써넣을 수 없었다. 먼슬리 페이지를 한번 써두고 다시 들여다보는 일이 없다면 지저분하든 어떻든 신경 쓰는 일이 없었을 텐데 먼슬리를 펼쳐봐야 하는 일이 생각보다 많았다. 그래서 이왕 쓰는 거 조금 더 깔끔하고 잘 써넣는 것이 좋겠구나 싶어서 두 번의 기록을 했다.

짜임새가 있고, 완성도가 높은 기록을 만들기 위해선 하루하루를 구성하는 칸과 그 칸이 모여서 만든 먼슬리라는 기록 스타일의 질서, 전체적인 조화가 존재해야 한다. 하루하루 그날의 기록만을 보고 전체적인 것을 보지 못한다면 한 페이지 안에 조화는 존재하지 않는다. (요즘은 거의 검은색의 펜이나 연필로만 쓰고 있지만, 예전엔 형광펜이나 색연필로 글씨 위에 색칠을 하거나 그림에 채색을 할 때, 색의 배치 또한 전체적인 완성도에 영향을 미치기 때문에 일단은 한번 쭉 전체적인 것을 본 후에 채색을 할 것인지 말 것인지, 어떤 색을 쓸 것인지를 결정했다. 또한 큰 글씨와 작은 글씨 혹은 굵은 글씨와 가는 글씨의 배치 또한 전체적인 완성도나 가독성에 영향을 미치기 때문에 전체적인 것을 보고 글씨에 어떻게 강/약을 넣을 것인지를 결정했다.) 물론 미적인 요소를 별로 신경 쓰지 않는다면 본인이 기록하기 편한 스타일대로 쓰는 것이 제일이겠지만, 나처럼 나중에 보기 편하기 위해서, 그리고 이왕 쓰는 거 조금 더 보기 좋게 쓰고 싶다면 한 번쯤은 시도해 봐도 좋을 방법이라고 생각한다. 이미 써놓았던 것을 옮겨 쓰는 것이라 생각보다 크게 번거롭지는 않다.

[하오팅캘리의 슬기로운 기록생활 TIP]

◆ 펜의 굵기를 다르게 해보자

→ 위클리나 데일리엔 시시콜콜한 것까지 모두 적어 하루하루를 생생하게 담아놓을 수 있는 게 장점이라면, 먼슬리는 짧은 기록으로 한 달을 한눈에 파악할 수 있는 것이 장점이다. 하지만 이것저것 담다 보면 복잡하고 산만해져 가독성이 떨어진다.

이럴 땐, 펜의 굵기를 다르게 하여 간단하게 가독성을 높일 수 있다. 단순히 펜의 굵기를 다르게 할 수도 있고 입체 글씨를 써서 글씨의 굵기를 다르게 하거나 일정과 관련된 간단한 손그림을 그려줘도 좋다. 그러면 하나하나 미간을 찌푸리며 자세히 보지 않아도 대충 어떤 일이 있었는지 파악하기도 쉬워진다.

{ 쓰고 싶은 것을 쓰고 싶은 방법으로 }

무언가를 지속하게끔 하는 것은 아주 작은 성취감에서부터 시작된다. 그래서 이전에 쓰던 다이어리에서 한 달도 제대로 못 채워봤거나 혹은 다이어리라는 것을 처음 써보는 사람이라면 먼슬리나 위클리(특히 먼슬리) 페이지부터 채워 나가는 것을 추천한다. 긴 시간, 별다른 스킬이 필요하지 않고 비교적 금방, 알차게 채울 수 있기 때문이다.

먼슬리 페이지를 굳이 써야 하나 싶은 생각이 들거나 조금 더 색다른 기록을 해보고 싶다 하는 사람들에게도 먼슬리는 좋은 페이지이다. 먼슬리에 쓰는 내용이 꼭 중요한 일정이나 일상의 기록일 필요는 없기 때문이다.

스케치북에 그림을 그린 후 오려 붙여 스티커처럼 활용해 보기도 했다. 자타 공인 '남산 마니아'인 나는 못해도 한 달에 한 번씩 남산을 가기 때문에 이번 달엔 남산에 몇 번 갔는지 궁금해서 마스킹 테이프로 표시해 보기도 했다.

[하오팅캘리의 슬기로운 기록생활 TIP]
◆ 쓰고 싶은 것을 쓰고 싶은 방법으로 기록하기
→ 필요에 따라 다양하게 쓸 수 있는 것이 먼슬리의 매력. 무슨 책을 읽었는지, 어디로 산책을 다녀왔는지, 또 물은 얼마나 마셨고 운동은 얼마나 했는지 등 본인의 취향대로, 본인에게 맞는 형식을 찾아 써보자.

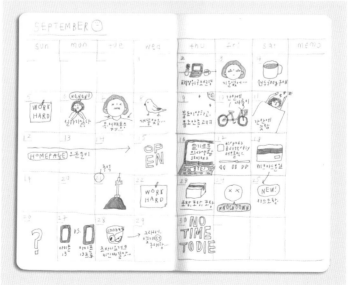

글씨 대신 그림으로 채워 본 먼슬리
먼슬리 한 칸을 하루를 기록할 수 있는 하나의 작은 캔버스로 보고, 그날의 대표적인 것 한
가지를 그림으로 그려 넣었다. 글씨로 채웠을 때보다 눈에 더 확 들어온다.

SUN	MON	TUE	WED	THU	FRI	SAT
23	24	25	26	27 인천 →파리	28 파리 →베를린	29
30	1	2	3	4	5 베를린 →암스테르담	6
7	8	9 암스테르담 →런던	11	12	13	
14	15 런던 →파리	16	17	18	19	20
21	22	23	24	25	26	27 파리 →밀라노
28 밀라노 →베네치아	29	30	31 베네치아 →피렌체		2	3
4	5 피렌체 →로마	6	7	8 로마 →파리→ 인천	9 인천도착	10

큰 이동 동선을 한눈에 파악하기 위한 먼슬리

←헬싱키카드AB, 72h→

9/27 THU	9/28 FRI	9/29 SAT	9/30 SUN
인천→파리 (Lay-over) (13:20→18:30) 샤를드골2터미널 도착→3터미널 … … 로버스타고·에펠탑 … … RER …	파리→베를린 (07:20→09:05) … … OK ·파리의 밤 😊 ·아침부시아이들기는 처음이라 😊 덕에 ·에펠탑 영상찍었다. ·TXL공항까지는제대로 도착했는데, TXL에서 … 1시기다려탑승, 어쨌든 갔으니까라 셤 ㅠㅠ	X←헬싱키카드AB(72h) 누군가 있는것이 나을까 따라서 8시반 알람 맞춰놓는거 끄고 11시쯤일어났, 전날사온크로와상+햇반 &김으로 늦은아침 겸점심 해결하고 막으로 😊 '오늘은 '윈도쇼핑'DAY' … R,S,V, →오다운스 오들러→ 버거어 어 스터 →REWE	아웃어파크 ↙벼룩시장 정말별의별것다 있었다ㅋㅋㅋ 카메라 사려고했는데너무 무거워서접기 🙊 …라,들수있는 한있는데,,,, ·그리고벼룩시장의 옷도 정말벼룩이튀어나올 것같아서그렇게지는않고 ·경포힐!!!! 우심,,, ↘나도오늘쉬자

10/1 MON	10/2 TUE	10/3 WED	10/4 THU
헬싱키카드4DAY→ 브란덴부르크문→ 깨끗이…지금 여기… …→돌로코스트 메모리얼→Mall of Berlin→modulor →코코로라인→ 커피→자브리스키 (…커피)→ Mall of Berlin 이스트사이드갤러리 →오버밤→REWE →…집	←헬싱키카드ABC +비 4DAY 쿠링 교피계로드 뮤직 …고 음상타르드 안좋아서 …→베를리 하러에타방, 온돌독 …이라까지 하나였네! ··번네기둘러 겨우해방 ·ㅋㅋ 빠듯 피기→세탁 ·기다리면서 ZEUT FÜR BROT(시나몬롤포장) →…런 →…집 작은슈퍼에서 남북독텀,	번파운싸산 베를린날씨, 아침 인에서준비하고…이 들어나 ×데가져와쌓냄? ·똥약이가버리고 ·방복!! 위지? ·분위기에 드러운데'랩 기차놓침, 수워지는듯 ④오버밤다리→리어 ·스포트→제크포인트 찰리→테러의토포그래 피→샬를로텐부르크 →…집	디스트릭터커피 Do You Read me ? →화센&맥주 →Voostore →자브리스키서점 →Mall of Berlin (파인애플클럽)→ 브란덴부르크→RE WE→집 😊

10/5 FRI	10/6 SAT	10/7 SUN	10/8 MON
베를린→암스테르담 ✈ (10:07→12:01) … 오는새벽 보다지…않고 시간 ·1정 낮았다. but,기 차에서 내리는 순간 피로가 확 몰려왔다,,,, ✓숙소체인인, 호스텔 은 …H아지막 길거 라다짐하며,,,(아무런던 빼고) ✓피곤해서 그냥 씻고 휴식 😊	✓반고흐미술관 (AM10:30예약OK) ✓안네의집 (PM2:30예약OK) ·반고흐미술관→퀄립이슬 관→안네의집→당라… ·이방에다녀다녀… ·반고흐미술관, 어제까지 이리관언채들임하두일 잘있다는쌩각들었 다. ·로방에서살까말까 고민한 시간,,, 웃웃	✓세타돌리고기다리면서 …죽히으심, EKK1개 서음료&로드파스타 →숙소(간식) ·기다리면서 dewin kelvan nijntje (…인형&반다) →숙소,뻘라쿠커 풀사장(어요백오H) →VLEMINCKX(아 네키피스가더맛나다) →TOKI→TONY SCHOCOLONELY →홍등가→숙소	아침이시행네까지 푸욱자고일어났다! ·Like stationery …있는데 가격이가려우 ×2늘다때 →TOKI,어제앴지 옷단판드레깅약오… →잠간숙소에서 다이어리책의나음 Depijp…리시낭 스룰와플(…달리) →…고 PM6 카페호…가야지!

대강의 일정을 적기 위해 그린 먼슬리 형식의 페이지

42박 44일의 여행. 한 달 조금 넘는 일정의 여행이라 작은 칸에 매일 대강의 일정이라도 써놓기 위해 먼슬리 형식 페이지를 만들었다. 여행 중엔 가방 안에 여권 사이즈만 한 노트를 들고 다니며 노트 혹은 핸드폰 메모장에 쓰고 싶은 것들을 틈틈이 쓰고, 위 사진의 노트에는 매일 밤, 숙소로 돌아와서 하루를 돌아보며 가장 인상 깊었던 에피소드를 적어두거나 단순한 이동 동선 등을 써넣었다. 굳이 여러 페이지를 훑어보지 않아도 어디서 어떤 일이 있었는지를 한눈에 파악할 수 있어서 좋다.

위클리(weekly)

위클리를 쓰는 이유

과거엔 먼슬리와 마찬가지로 기본 구성 페이지이기에 선택의 여지가 없었다. 지금 생각해 보면 일기나 기록을 굳이 '다이어리'라는 이름으로, '다이어리'의 틀을 갖춘 노트에 쓸 필요는 없는데 그때는 남들 하는 대로 하느라 그렇게 하는 것이 정답이고 당연한 것이라고 여겼던 것 같다. 쓰고 싶으면 쓰고, 필요 없으면 안 쓰면 되는 것일 텐데 말이다.

그동안 위클리는 자발적 선택이 아닌 틀에 맞추기 위해 혹은 틀에 따라가기 위해 쓰는 페이지였다. 그러나 쓰다 보니 위클리 페이지의 쓰임도 이해가 가기 시작했다. 먼슬리는 한 달 단위의 일정과 에피소드를 한눈에 파악하기 좋지만, 위클리는 한 주 단위로 할 일들을 관리하기 좋았다. 그래서 먼슬리는 간단하게 한 달 단위의 대표적인 일들을 파악하기 위해, 위클리는 주 단위의 먼슬리에선 읽을 수 없는 상세한 이야기를 파악하기 위해 주로 사용한다.

위클리에 기록하는 것들

과거에 쓰던 다이어리는 먼슬리와 위클리 페이지(그리고 위클리 페이지 옆에 딸린 모눈 혹은 무지 페이지)만 썼기에 먼슬리에는 공휴일, 기념일, 약속 등과 같은 일정과 그날 무슨 일이 있었는지를 알기 위한 간단한 에피소드를 쓰고, 위클리에는 먼슬리에 다 담지 못한 이야기들과 한 주 단위의 투두리스트를 주로 적었다.

요즘은 일기는 쓰고 싶은데 도저히 길게 쓸 시간이나 체력은 없고, 그렇다고 먼슬리 한 칸으로 하루를 기록하기엔 부족하다 싶을 때에도 위클리 형식으로 일상을 기록하고 있다.

11
Mon
- ☑ 국민은행 다녀오기
  (화전신청공격타인,
  수령하기)
- ☑ 1주차수업→정부
- ☑ 2주차수업준비.

12
Tue
- ☑ 강남, pm7/7:30
- ☑ EBS라디i
- ☑ 영아, 생활비송금.
- ☑ 이케아 RIGGA 해커
  도착 소림.(역시나...부실추베...)

→ 핫트랙스에서 산은
알록달록 된뜅스티커!

13
Wed
- ☑ 송금내역 주문서확인
  → 송파일발송문의하기
- ☑ 2018~1학기수업계획
- ☑ 아스다이리, 오늘의 인사
  엄로드

- 아침에 일어나기 너무x2 힘든 요즘이다. 날이
  추워 이불안/밝공기자자가가서 더크려것
  가다ㅠㅠ 깨라까까 10분튀풀을 알링이 다 -
  우우요앙 ㅣ얺다ㅠㅠ
- 출근길 버스 안에서 멍때리다 내려야할곳
  에서고정류장이나 지나쳤었다. 정신차리자ㅠㅠ!

↘ 아진 선긋기
  땅빵방 스티커!

14
Thu
- ☑ 2017.11.28-12.1
  호촌여행일기+사진정리하기.
- ☑ 헐렁한하르팅.

15
Fri
수업
(쉬는날)

오늘은쉬는날. 모처럼쉬는날 다음쉬는날을보내오려고 계획다짜았는데
쉬는날이는꼭 날씨가안좋거나, 몸이안좋거나물궂하나ㅠㅠ 오늘은
심한독감+몽살덕에 이불 밖으로 나지못하고 내내콜곤... 원래숙제
우편접수당당(ㅋㅋ)인 영아도 일이 있어서 나가는바람에 내가다녀와
야하는데 가지도 못하고, 이래저래 몸이안좋다ㅠㅠ

16
Sat
- ·수업끝내고 산책하기
  (참여? 양산? 한강? ...)
- ·키인님이 핫초코 선물
  보내주셨다 ♡ㅎ히

- · 오늘도 5분만에 ×10을 되지다 10분늦게일어났내
- ☑ 쿠우웡쿠웡쿵쿵 일어나기가 더 힘들다ㅠㅠ
- · 너무배고파서 투썸에서 샐러드사먹음. 은근히 이뻐
  가잔다. 1도안배부르았는데에
- · 광화문 + 북촌 + 대학로 ────→ 남대움
  집회대문에 차가영~ 정막힘ㅠ

17
Sun
가족들끼리 (안안에) 집에서 삼겹살파티! 상추도, 고기도, 음료도 충분했는데
부르스타(?)가 투져서 굽는데 한~~~~~~~ 참걸렸었다.

고기
party

	S	M	T	W	T	F	S
		1	2	3	4	5	6	7
	8	9	10	11	12	13	14
	15	16	17	18	19	20	21	→ 여기 ☺
	22	23	24	25	26	27	28
	29	30	31

Remember 0416 ＜ 세월호 4주기ㅣ

16
Mon
· 왼쪽눈에 이물감이 심해지고 있다 :(한동안 괜찮았더니 일본 가기 전부터 다시 시작됨. 그리고 거슬릴 정도로 불편해지고 있다 (우읍ㅠㅠ) 류우일에 '안과' 가야겠다 ㅠ다) · 생각하다 생각해서... "빨리먹탄"

17
Tue
· 밤꿈 ~딱새쉬서 드디어! 친구에게 이메일 발송 ✉ · 디테일 질질 끌었는데 그 시간이 우선하게 나봐. 이길아 있어서 인양까피 다음 친고부터 (제 발송) 제대로 알차게 보냈으면 좋겠다 :)
· 산책 못한지 너무 오래된 듯하여 장은 조금더 뒤로 미루고 오당산 산책을 다녀왔다. 집 바로 귀가 벗꽃 천지였는데 어저 올해는 (꽃들) 제대로 한번 못 봤으까ㅠ ㅠ · 주일안 일찍 났기도 벗꽃 안개한게 볼수 있겠는데 · 아 됩다 :(

☑ 5주일 기초수급 신청 접수 공지하기 · 지금여기 ㅣ이 개, 언손이 5개
18
Wed
ⓧ (수급자 격전에 시간 됐지 이명)
· 안과 다녀오기 → 다음 주에끼ㅠ
✱ 수업 자습 하나 빼먹고 오늘 바람에 난리 난리 블났다 ㅠ ㅠ 꺼져걸뗵 이자리 !
✗ 날씨가 진짜 너무 우물 좋아서 수업 가는길이 꼭 산책길 같고, 너무x 2 좋아서 아까 낮에 다 끝내고 다은님이랑 수다 떨다가 정정 정제 데릭으로 돌아서 먹고, 아 하나둘 고픔이 간 산책 하다 돌·아 하나 저덕수업 까지 마치고, 피운하지만 기분 좋게 하루 마무리 :)

☑ 런던 → 파리 유로스타 예매하기 (땅 ☺) London St Pancras Int'l
19
Thu
ㄴ MON, 15 October / 13:31 → 16:47 to Paris Gare du Nord.
(Total paid €50.50 / ₩68,065) 빨리 떠나고 싶다 ㅜ ㅜ ㅜ
✗ 2주일 수 파리 제 역반응 ㅁ ① 포비 (우리 1게 ㅣ간 노? 운역을 정보? 가능함
ㅎㅎ ???) 아 파 먹으면, 서로 유우유 고민하다 ??? 鹭 수다떨다가 다음 날에 (또) 안내 ???로 ·목소리고 써 ???지갠 😉 " ???답에 안 나요 :)

☑ 우체국 (아메리칸스티커 시즌 4) ㅣ 차 발송 OK (80)
20
Fri
· 기부금, 실비보험, 유로스타 결제, 호텔·예·뮤직·방 나흘 한번에 ~ 후 우후 ~ 다
결제 됐다 :(한번에 아 빠져나가니까 쌩돈 (?) 백만 기분, 그치 가 외 기분
· 다 ㅠ ㅠ
✗ 영아랑 교토/오사카 다녀온 후에 · 1게 올해 상반기 여행은 끝 이구나 싶었는데, 급 '홍콩'에 가고 싶어져서 하공권/호텔 부랴부랴 · 예약, 아! 어제 鴾? 대안으로 여행 지름 열려 ♥ ♥ · 아! 두근 두근 하다 ♡♡♡♡♡♡

21
Sat

→ 1 친은 꾸 이 건 밝 집 오는 길에 +집 나서 다 읽고, 2권은 아저 주문해서 아직 · 배 읽으려했는데 계속 미루다 주말 내게 ??? 이러고 방에서 새벽까지 읽어 아니 읽었다! 진짜 간만에 읽은 책이라 좋았고. 또 12 권 다 지루함 없이 두루 잘 읽히는, 긴장감 있고 재미 있는 책이라 좋았다 :)
+ 영아 빠동생 · 1랑 속발 뜯으면서 토요일 마무리!
✗ 하는 것 없이 1방 꼴딱 새우고, 급 · 일 파스타 가여 먹서 연습 으려고 물끊이고 있었는데... 면이 없다 :(부랴부랴 마트 가서 면 사고 샤샤샥 안 더 호로록 먹겠다 · 2% 부족한 맛이었지만 자 · 알 먹겠다.
✗ · 비 전에 사놓고 처막아 둔 (그런 책 ㅣ한 두 가지 가 아니지만 ^^) A paris 읽고 (아, 빨리 떠 · 나고 싶다 ㅜ ㅜ) 투둑투둑 떨어지는 빗소리 들으며 읽다가 · 엄아가 움직이 · 경 뭐 김치전 부쳐 주셔서 맛나게 먹고, 스티커 시즌 5 · 스케치 작업 시작 :)

4 Mon

기분이안좋다는핑계른대며, 기분전환하겠다고 (...)
(단이...) 부천에가서 대학로에가서 10x10에다녀왔다. 신
그리고, 필요했던 이모리노트 1권에 마스키) 테이프 K스의여러 충성
x2 맛있는데, 이정도는 내선에(?) 차칠라하고 과로를
고생하였으스로가서 2-3차 쇼핑까지 마쳤다. 살땐참
행복했는데, 가계부쓴다보니 현타가온다...!

5 Tue

낮수검끝내고, 요가시간에 규윤정에서
원덕이내발스타커들을 한뜩사 단숙
요즘핫한 '주제'로 인스타거 만들기를
했다 (드디어가피 벌거?인데 진짜
너무x2재밌고 중독성있다...! 시간이 어씨가는지도
오르고 계속그리고 또 그렸다 ☺

* 당연분유쿠폰필공지

6 Wed

⚐ 제63회 현충일

- 신촌에서과학우동님이가는 구간(?)이는 약속에서까지 오늘은지각안하려고 20분
정도?먼저나갔는데도시간소끔넘어도착했었다ㅠ 나참!! 대체뭘안하일찍
나와야하는깅가?!ᄒ 그나저나오늘성산대교에서바라본서울타리가공기질
때문에 너무뿌옇게(미을광알랑...)보여서 진자잘랐다

- 공수간 떡복이/순대/돈까스전~부다짱맛(저저저) 구 다음주에 사장님/n드리기.

7 Thu

오늘까지쉬는 아빠덕에 진짜, 지~인짜오랜만에게
가족소풍을 다녀왔다☺(집바로위에있는자이공원
으로) 엄마표도시락(고덕윤덕,행밥, 깨 불고기)
+치킨(아라까지시켜서)그늘진곳에자리피고
앉아넷이서요손도론들다내려왔다 짧은시간이
었지만 가족끼리시간보낸것자체만으로 장닝뱅행
기야.

pleasure
of
ordinary
days.

8 Fri

zen
!"

9 Sat

⚐ 투표인증샷.이벤트선물로드릴 스티커 만들기:)

⚐ 어느비포그랑이 윤제인물 안있는데, 노트북이윤제없다⚐ 스티커랑 이것
저것(빨리)만들고싶은데, 더는이를수가 없어서 결국은 노트북 공장돌기를...!
만든다보니 새벽5시가
근~~썽닝났다... 오늘은집에서 책읽고, 밀린 다이어리쓰면서 푹~쉴수있게 날씨
가 안좋았으면좋겠다. → 내내 흐리다가 저녁부터 비가 주룩x2 내린다 ♡ 다행이
다.

10 Sun

위클리 쓰는 법

{ 가로로 길쭉한 위클리와 메모 페이지 }

과거에 쓰던 다이어리(스타벅스 연말 프리퀀시로 받은 다이어리로 기억한다) 역시 좌측엔 위클리, 우측은 메모(줄/모눈/무지) 페이지였다.

문제는 좌측의 위클리 페이지였다. 하루를 기록하는 칸이 가로로 길다 보니 일기를 쓸 때 쓸 내용이 한눈에 잘 안 들어와서 쓰기에도, 보기에도 여간 불편한 것이 아니었다.

이런 형식의 위클리 페이지를 몇 번 쓰다 보니 터득한 팁이 바로 가로로 긴 칸을 반으로 나눠서 쓰는 것이었다. 줄을 그어서 써도 되고, 페이지를 반 접어 사용해도 된다. 그렇게 한 칸을 반으로 나눠서 한쪽에는 투두리스트를, 한쪽에는 일기를 적고 우측의 메모 페이지에는 한 주 동안 수집한 각종 영수증이나 티켓, 포장지, 스티커 등을 붙이거나 왼쪽의 페이지에 다 담지 못한 것들을 써놓기도 했다.

보통 칸이 좌우로 길어질수록 글씨가 오르락내리락하기 쉽다. 그러니 반을 나눠서 칸을 줄여보는 것도 좋다. 쓰고 있는 글자에만 집중하지 않고 칸을 한눈에 파악하며 쓰는 데 도움이 된다. (대신 쓰고 싶은 이야기가 많을 경우엔 칸을 나누지 않고 쭉 적어도 상관없다.)

또 먼슬리처럼 반으로 나눈 칸에 한 가지 굵기로 쓰는 것보다 굵은 펜과 가는 펜을 번갈아가며 쓰거나 입체 글씨를 넣거나 작은 손그림, 스티커 등을 활용하면 쉽게 내용도 채우며 가독성도 높여줄 수 있다.

{ 먼슬리만으로는 아쉽고, 데일리는 부담스러워서 }

위클리를 쓰는 이유 중 대부분이 이렇지 않을까. 먼슬리만으로는 아쉽고, 데일리는 조금 부담스러워서. 나 또한 주기록은 데일리이지만 먼슬리, 위클리 형식으로도 일기를 쓰고는 있다(먼슬리＋데일리 혹은 먼슬리＋위클리 조합).

일단 앞에서 언급했던 것처럼 한 달 단위로 이전에 있었던 일들을 파악할 수 있는 점이 좋아서 매달 먼슬리는 쓰고 있고, 쓰고 싶은 이야기가 많거나 체력적·시간적 여유가 있을 때 데일리 형식의 일기를 쓰고, 일기를 쓰고는 싶지만 여러

가지 이유로 여유가 없을 때는 위클리 형식으로 일기를 쓰고 있다. 어쨌거나 위클리는 부담 없이 또 알차게 일상을 기록할 수 있는 페이지이다.

그런데 전에 쓰던 위클리를 생각해보면 지금과는 느낌이 다르다. 지금은 위클리를 쓴다면 부담 없이 슥슥 편하게 쓸 수 있는데, 과거에 쓰던 것들을 생각하면 어딘가 모르게 불편했다. 아마도 내가 내 일상에 맞게 칸을 만들어 그려 쓸 수 있느냐, 아니면 정해진 틀에 맞춰서 쓰느냐의 차이 때문이 아닐까 싶다.

과거에 쓰던 다이어리의 위클리에서 가장 불편했던 점은 일요일부터 토요일까지의 칸이 정해져 있었다는 점이다. 그 것도 다 같은 사이즈로. 어떤 날은 쓸 내용이 너무 많은데 또 어떤 날은 단어 하나 써넣기 어려운 때도 있다. 그러나 그와는 상관없이 매일 같은 크기의 칸에 맞춰 써야 한다는 것에 대한 보이지 않는 압박이 컸던 것 같다. 이미 크기와 날짜에 맞춰 찍혀 나온 틀이 '너는 반드시 이 칸에 맞춰서 하루를 기록해야 해'라고 말하는 것만 같았다. 그것이 시중에 나와 있는 다이어리를 쓰기 싫다는 생각의 시발점이었고 기록을 지속하기 어렵게 만드는 장애물이기도 했다.

10/1
THU
추석 🙂 벌써 10월이라니ㅠㅠ

10/2
FRI
흐림 ☁️ (잠깐 ☁️)
간만에 김밥 안 먹었다

10/3
SAT
개천절 오늘도 흐림 ☁️

10/4
SUN
🅷 주워심 (연휴 끝나면 또 주워지겠지, 하고 생각은 했지만)

10/5
MON

10/6
TUE

10/7
WED

10/8
THU

10/9
FRI

위클리는 간단하고도 알차게 하루하루를 기록할 수 있는 방법이다. 꼭 7일 단위가 아니어도 좋고, 반드시 일요일 또는 월요일부터 시작하지 않아도 괜찮다.

6/14 MONDAY	NEW 위클리메모패드 가~의완성 ☺	6/15 TUESDAY	
△ 인화소·갤 520+관련 문의	(벌써 18번째 샘플…) 이제 색상 확정만 하면 될듯!		어쩌다 저쩌다보면 밤새운김에 안든 오늘은 100% 성공 ♡ 아 옹어드래
V 체리사기 '체리대신 자두 ☺	·오늘도 아침 다 되어서 잠들고, 오후 느즈막이 일어나서 씻고, 바로 튄고 작업을 할까 아니면 산책부터 다녀 올까, 하고 한~~참을 고민하다 결국 옷 챙겨 산책하러 나감. (오늘은		
V 위클리VER03 다자인 수정	나도 찌 애굼 흐릿하니 더위서 나가기 더더더 귀찮…) 나가기까지 너무		
	힘들고 (ㅋㅋㅋ) 세상 귀찮은데 그래도 나가면 너무X2 좋다. 땀 삐질 삐질 흘리면서 걷고, 가끔 불어오는 시원한 바람에 + 위에서 내려다보면 세상 행복함 ☺ 동네 산책 하는 것도 올 여름은 것 · 역시		
음반도 빨리 나왔으면… @그나내 한곡 반복 으로 듣재버김	· 노면뭐하니? 엊그제 방송 계속 다시보기 中 다음주 아니지, 이번주 토요일이면 나얼 온바를 우려 여능 에서 볼수 있는 것인가…! (이게 머선 129 …)		

쓸 내용이 많은 날은 정해진 틀을 무시하고 쭉 이어 써나가도 괜찮다. 위클리 형식으로 메모
지를 덧붙여 쓰는 것도 나쁘지 않다.

사실 먼슬리와 위클리는 월 단위냐, 주 단위냐 하는 차이만 있지, 쓰는 용도는 거의 같다. 보통 계획을 세울 때 월 단위로 세우기엔 기간이 너무 멀고 변동 가능성이 많은데, 주 단위의 계획은 월 단위보다는 앞이 조금 내다보이기 때문에 실천 가능하고, 조금 더 촘촘하고 알찬 계획 세우기가 가능하다.

그래서 위클리 형식의 기록을 할 땐 해야 할 일들이나 공휴일, 기념일 등을 먼저 기재한 후, 그날그날 있었던 일들로 간단하게 채우고 있다.

기존의 다이어리에 있는 위클리 내지 형식이 마음에 안 든다거나 시중에 나와 있는 각종 메모지들 중에서도 내 기록 스타일이나 취향에 맞는 것이 없다면 손으로 슥슥 그리거나 컴퓨터로 대충 만들어 쓰는 것도 좋다. 손으로 만든 틀은 자연스러운 매력이 있어 글씨를 대충 막 써넣어도 다 포용해줄 것만 같고, 컴퓨터로 깔끔하게 만든 틀은 말 그대로 깔끔하고 정돈된 효과를 준다.

주어진 틀은 기록을 도와주는 역할이지 절대적인 역할은 아니다. 나에게 맞지 않는다면 때론 과감하게 벗어나보는 것도 큰 도움이 될 것이다. 이전에는 몰랐던 기록의 매력이나 즐거움을 느낄 수 있을 것이다.

◆ 가로로 긴 칸은 반씩 나누기

→ 가로로 길쭉한 칸에 섹션 구분이나 포인트 없이 글씨만 쭉 기재하면 페이지가 너무 빼곡해 보여서 가독성이 비교적 떨어진다. 중간에 적절한 스티커를 붙여주거나 손그림, 입체 글씨 같은 큰 글씨를 넣거나 또는 섹션을 구분 지으면 조금 더 가독성 높은 기록을 좀 더 쉽게 할 수 있다.

◆ 정해진 틀 무시하기

→ 틀은 어디까지나 틀일 뿐이다. 거기에 얽매여 있을 필요는 없다. 기록을 틀에 맞추지 말고 틀을 기록에 맞춰보자.

◆ 직접 위클리를 그려보기

→ 보통은 하루 한 장의 데일리 형식으로 일기를 쓰지만, 할 일이 많거나 정신적·체력적·시간적으로 여유가 없을 땐 위클리 형식으로 일기를 쓴다. 그럴 땐 일단 이면지든, 노트든 그날그날 대략적인 쓸 내용을 기재해둔 뒤, 그 길이에 맞추어 칸을 그려 기록한다.

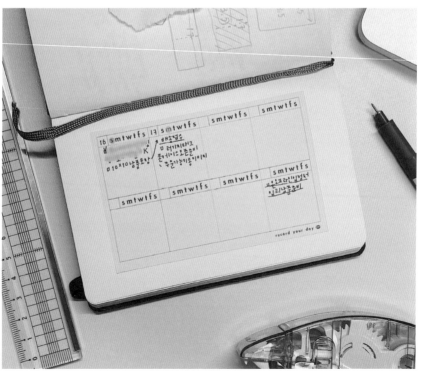

가을16일~
가을2깨1일

* 일기는 써야겠는데 쓰기는 너무 귀포로워
그래서(?) 쓰기싫을 링틀거려 때등 써봄 ☺

16 THU	→ 동생졸업식. 수영
17 FRI	아침산책, 불고기(사발짝) 레고, 뮤지큐, 그리네이(허밍이는+브루베리주가), 구입 ☝ ☞ 해스윤시계에 찍는노래오도 산책(길은깨낭깜 그리너에노랑아타라☺ 코낸ㅅ5다나가……
18 SAT	우리갠는치오르겠요 (구껠빛벤오류키가)
19 SUN	□ 10 X 10 에쌀린신 ☑ 수운베액틀의신불자 →하고
20 MON	☑ 대해접수 □ 네일아뜨해V →하고
21 TUE	ㅅ-내자앤 PM6, 네일아뜨(기문전ㅅ□) · 이아뜨챙기 파긴뷴흔출ㅈ면터 내름ㄱ래분 이이을되심·맥결발ㅅ잇시오며 모님심애증ㅗ시안심ㅁ심ㄱ교TT (베ㅌ로심애ㄴ내ㄱㅗ하처길깨미저증 2해ㅆ…) 괘ㅂ능ㄴ괘ㅈ애일ㅁ심ㄱ지ㅎ 나ㅋ루쳐일러길겠다…

데일리(daily)

데일리를 쓰는 이유

일기를 꾸준히 쓰다 보니 굳이 길고도 세세하게 적은 문장
들이 아닌 한두 가지의 키워드로도 기록은 충분하다는 것을
알게 되었다. 그러나 조금 더 길게, 또 세세하게 남겨서 그
날을 오래도록 기억하고 추억하고 싶을 때가 있다. 굳이 그
렇게 쓸 필요까진 없다는 것을 알고는 있지만, 하루에 대한
기록이 조금 더 세세할수록 내가 기억할 수 있는 순간도 더
많아지고, 그렇게 기록이 주는 선물 같은 순간을 누리게 되
는 날들도 많아졌다.

그래도 기록이라는 것을 포기하지 않고 나만의 방식대로

기록하고자 하다 보니 자연스럽게 찾게 된 방식이 데일리 기록인 것 같다. (데일리 기록에도 나름 여러 방식이 있겠지만, 나는 하루에 한 페이지 혹은 두 페이지에 기록을 하는 방식으로 쓰고 있다.)

데일리에 기록하는 것들

쓰고 싶은 건 가리지 않고 뭐든 쓴다. 먼슬리나 위클리는 칸이 제한적이기에 때때로 적고 싶은 것이 많아도 그중에서 몇 개만 골라 써야 했는데, 데일리는 그런 걱정을 하지 않아도 돼서 좋다. 뭐 이런 것까지 다 쓰나 싶은 생각이 들 정도로 이것저것 다 쓸 수 있다.

해는 언제 뜨고 지는지, 날씨는 어땠는지, 밥은 무얼 먹었는지, 마트에선 무엇을 샀고, 무슨 음악을 들었으며, 어떤 기사를 읽었고, 총 지출 금액은 얼마인지, 무슨 일이 있었고, 어떤 생각을 했고, 그래서 어떻게 하기로 했는지 등. 내 하루를 기억할 수 있는 모든 것은 기록의 소재가 된다. (다만, 그 모든 것을 다 적는 날도 있고, 쓰고 싶은 몇 가지 혹은 한 가지만 쓰는 날도 있다.)

데일리 쓰는 법

{ 기록은 하고 싶지만 귀찮아서 쓰기 싫어 }

꾸미기도 일기 쓰기도 다 귀찮거나 할 일이 많아서, 혹은 피곤해서 일기를 쓸 시간이 안 날 때는 일기 쓰기를 건너뛰거나 굳이 길게 쓰려 하지 않고 쓸 수 있는 대로 간략하게 단순한 문장 몇 개만 써놓기도 한다.

이때는 일기를 쓰다가 중간에 빼먹은 내용이 있다거나 조금 더 보충해서 써넣고 싶을 때를 대비해서 왼쪽 혹은 오른쪽에 약간의 여백을 두고 쓰는 편이다. 여백을 두고 쓰면 페이지 전체를 꽉 채워 글씨를 썼을 때보다 가독성도 높고, 전체적으로 봐야 할 시야의 폭이 줄어들어 글씨 쓰기에도 편하다.

피곤하고 바쁜 와중에도 일기를 썼다는 사실이 중요하고, 그것만으로 충분하다 싶지만, 글씨만 빼곡히 적힌 일기를 보면 어딘가 아쉬운 기분이 드는 것은 어쩔 수 없다. 그럴 땐 스탬프를 찍거나 손그림을 활용하는 방법으로 날짜 부분에 포인트를 준다.

예를 들어 노트·내지에 바로 그림을 그려 넣는 것보다 이

2/1 MON

- 어둡어둡한 날씨
- 작업하다 AM 5:30 장들어서
  PM 2에 일어남 😑
- 한솥도시락
  ^눈↑
  신체자이언제자
  로버안게이억어본
- 세포조이스단가비
  (너무x2달아''')
- 이마트산책나녀옴

2/2 TUE

- 칠렐레~팔렐레~
  산책하다 장갑한짝을 어버림ㅠㅠ

2/4 THU

- 건강이채서니다;
- 스트레칭! 틈틈이하자,
  작업시간길어지면
  앉아있는자세조금더신경쓰고,

- 고인x2하다가
  에어팟프로구어
  ~~~~~~~
  + 케이스,철가루방지
            스티커
- 세금내산서발행 V

면지나 스케치북에 그림을 그린 후, 노트에 잘라 붙이면 입체감이 살아 제대로 포인트를 살릴 수 있다. 날짜를 견출지 그림 위에 써서 포인트를 주기도 한다.

조금 더 입체감을 살리려면 견출지 모양을 그릴 때 사용한 펜과 날짜를 써넣는 펜의 종류를 다르게 하는 것이 좋다. 다른 질감을 사용해줘야 입체감이 돋보이기 때문이다.

혹은 스탬프 등으로 날짜 부분만 다르게 표현해주어도 본문과 날짜 부분의 경계가 확실해지기 때문에 가독성을 더 높일 수도 있다. 또한 그림을 그려 넣거나 날짜 부분을 따로 빼서 다르게 표현해줘도 기록에 생기가 감돈다.

{ 모든 것들의 기록 }

하루 동안 있었던 에피소드라든가, 내 생각, 감정에 대한 것들만 일기에 쓸 만한 것들이 아니다. 무슨 일을 해야 했고, 또 어떤 일을 했으며, 어떤 일을 못 했는지 또한 일기 소재로 충분하다.

해야 할 일들을 먼저 써놓고, 그 일들을 하기 위해 움직이다 생긴 에피소드나 생각들을 옆에 적어주기만 해도 하루 기록은 생생하고 충분하다.

단순히 할 일들만 써놓는 것은 사실 조금 부족하다. 중간

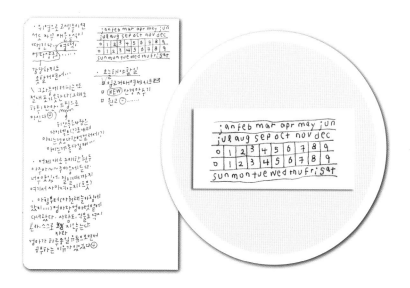

5/13 게나?

• 쉬는 날이었으나 취소(?)

• 엊그제, 어제 방생을 했더니
  컨디션이 영 안좋기도하고,
  날도 너무 더워서 완전히 축축처짐.

\ 그래서, 늦잠을 자고 ㄱㄱ
  (드뎌) 이어 택배가 왔길래
  뜯어서 경품 포장을 하고 ➡

  일부러 좌/우 여백을
  주고 인쇄를 맡겼는데,
  실물로보니ㅋ, 별로라
  잘라내기로 했다. ㅠㅠ
  - 오늘은 한 150장정도
    잘라냈 ☺

• 소고ㅂ밥 먹고싶어서
• 콘티동 다녀오까하다가
  (빵하나 사러 연희동까지..ㅋㅋ)
  어차피 내일 쉬기로 했으니
  내일 사기로. (안산 X 다고는 안함 ☺)

• 요즘은 ㅋ갭홀치피, 캄포르캔소
  (트리백) 하고 ♡♡♡
  그래서, 직접 만들어야겠다 싶어
  마트가서 필터 사용.
  (홈플익스프레스에는 없어서
  그냥(?) 홈플다녀옴)
  사으 사아 차 그라인더로 클싱티
  갈고 담아서 이 이 넣게 만들었다.
  아주좋다 ♡♡♡
  세상 편한데다가
  맛도좋고 ㅠㅠ ㅠㅠ

• 가끔은 밖 바깥
  산책하여 노는것보다
  집에서 푸~욱 쉬는게
  더좋을때가 있다

• 벌써 2시 가넝 엤다,
  얼른 땍하고 자야지.

날짜 부분에 포인트 없이 본문과 같은 펜, 크기로 적었을 때

2021 · 04 · 29

- 신상플리스트
- 비욘 - 바코드생성, 붙이기, 포장, 시트작성후전송
- 아일땡스 - 포장, 리스트작성후 인쇄

- Congrats!
- 알썽스 (4그림자)
- 한글 (폰도젤러)
  " (하늘)
- 오늘여기봄
- 타임테이블 (6003)
- 만슬리
- 뉘쿠리제노
- 엽서 (옥계누름)
  " (역거도·명)
  " (노을하늘바람기)
  " (연가꽃데타워)

☑ 20×70 납품
☑ 수당님스티커발송
□ OFFLINE 입점처
  NEW items 입고준비

┌─────────────┐
│ SAMPLE   │
└─────────────┘

날짜 부분을 스탬프로 찍어서 본문과 구별했을 때
날짜 부분만 본문에 사용하는 다른 펜으로 쓰거나 스탬프, 스티커 등으로 다르게 표현해줘
도 경계가 확실해져서 깔끔해 보인다.

에 있었던 일들을 짧게라도 적어두면 기록과 기록 사이에 연결 고리가 생겨 조금 더 끈끈해진다. 써놓은 일들을 다 하는 것이 중요한 것이 아니라 그날의 할 일들을 알고 해내기 위해 움직이는 것, 하지 못한 일들은 왜 못했는지 스스로 피드백을 하는 것이 중요하다. 그런 자잘한 것까지 짧게 적어준다면 오늘을 위한 기록이 내일을 위한 기록이 되어줄 것이다.

{ 자급자족형 '다꾸' }

생각해보니 예전에도 스티커를 많이 사놓고는 사용을 잘 안 했던 것 같다. 괜히 문구점 들어가서 구경하다가 귀여움에 홀려 구매해놓고는 실사용한 것은 진짜 손에 꼽을 정도일 것이다. 아이템 하나를 쓰더라도 일기 내용과 어울리는 것을 쓰고 싶은데, 사실 구매해 온 스티커들은 기록을 보충해주는 역할로 쓰는 것보단 말 그대로 꾸미기용으로 적합했던지라 손이 잘 안 갔던 것 같다. 일기는 썩 밝은 내용이 아닌데, 가지고 있는 스티커들은 곰돌이가 춤을 추고 있거나 알록달록한 얼굴들이 환하게 웃고 있거나 하는 경우가 많았다. 그렇

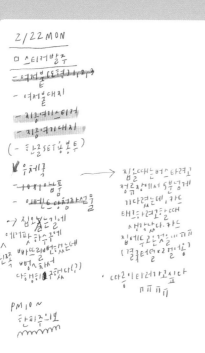

2/22 MON

□ 스티커방주
- 여저불(6종류)+2+3
- 여서불대지
- 지정력스티커
- 지정력기대지
(- 단굴SET용봉투)

✔ 유체쿨
- 여서+남플
- 에버린유용포자섬유

→ 집읗롱느긴게
에어파 하느긴게
왼쪽 빠뜨려빠늤는데
빠빠↑채서
다행히우해다(?)

PM 10~
단피주의보

5/12 WED

□ 재고상승주기 (최초) — 확정재고 출력해동기
✔ 이에빌리뮨
□ PM6 : 롬메이지노픈
\ 롬메이지 12% ↓ 셋팅해두기
\ 세세간근치 사항전달
\ 나이 제료드 빨강 12% 확인제회
✔ 롬메에 (지상서페이지) 아우리

아우리가 가온음인데
백청이 안나과가꼬
이래서 사처잌었제네
안미얀 안돼···
돈이 쥐어진
일욜이다칮웠다니!
뉘

우늘 날씨가
너무좋네···
내일도 일제치?
기···! +

신상품
✔ 서운건색
✔ 축작론스티커
✔ 포함비
✔ 드로잉덮서 ①
✔ 유여채넣 ②
✔ 른채 ⑤ 확

하다스이체? +우 유스티커
o 이사꺼지 (CJ지)
내일 도자제정!

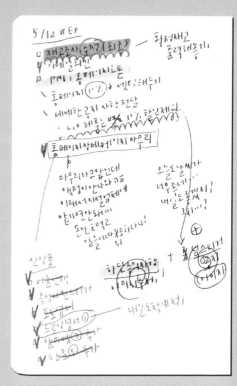

2/8 MON

✔ 옷반품신청
✔ 침대프레임
□ 견적서
□ 물리치료
✔ 과실 진행상황체크
암마백스티커
□ 다이어리스티커 (→)

· 영동모역가서엄마배웅하고
타임스워여 꺼꺼 교본읗드러
책 구경정판하고, 인던하우스
가서 잇기료 살까가안까한쭝함
고인하다가ㅎㅎ
· 날씨가 너우 좋다ㅠㅠ
하늘 매끼고, 공기도
별도 너우좋ㅂ ㅠ
· 집오는길 버스가
롤러코스터 탔ㄷㅏㅠㅠ
기사님운전 너우
거칠ㅂ···
· 생각해보니약 10일
안에 집보니경써들
벗었ㅆㄷㅏ ...②

10/18 MON

□ 에디터닝 클락드러가
□ 크린토피아 (이불)
□ 침대서랍 (옷정리,
큐어백넣어두기)
□ 선풍기청소로 넣어두기

집에서처리

· 구체적계획/목표,
(단) 실천가능한,
· ✔ V, X, →
표시톤 (퍼드백)
X 체대함
왜 못했지?

내일 ☺
방새우고 점심시간치나
잠실에 드는바람에
활시간X

10/19 TUE

□ (P1) 사진

노트) 몰스킨플레인포켓, 블란토저널,
펜) 피고인트라이너, 아스루오그래피연필,
기타) 파브리아노스케치북, +
(로디아노트), 단순생활AS노트, 플레이프
인덱스라벨(마테,견출지)스탬프
도로닷)

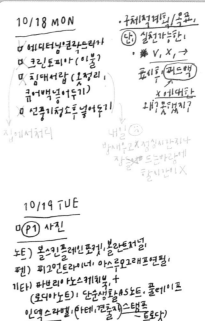

다고 꾸미기를 포기하자니 글씨만 있는 일기가 밋밋해보이는 것을 참을 수 없었다.

그렇다고 그림을 그려서 넣기에는 내 그림 실력이 형편 없었다. 그래서 가능한 선에서 최소한의 그림을 그려 포인트를 주는 것으로 시작을 했다. 일기로 쓸 전체적인 내용을 한 번 머릿속에 그려보고, 그중에서 내가 그림으로 표현할 수 있는 것은 무엇이 있을까 하고 생각해본다. 그리고 간단하게 그려 넣는다. 어떻게 보면 간단하고도 허접한 손그림이지만, 있으니 확실히 글씨만으로 기록했을 때보다 눈에 잘 들어온다. 그림 덕분에 내용을 굳이 하나하나 읽어 내려가지 않아도 어떤 내용인지 읽힌다.

각종 영수증이나 티켓, 상품 포장지 등은 간단하게 하루를 기록하기 좋은 최고의 아이템이다. 그래서 외출 시 여기저기서 생기는 영수증, 상점의 명함, 주문 확인용 스티커, 컵홀더, 포장지 등 잘 챙겨왔다가 일기장에 마땅히 써넣을 글이 없다거나 귀찮을 때 잘 활용을 하고 있다. 때론 단순한 영수증 한 장이 하루를 충분히 기록해주기도 하기 때문이다.

그런데 '뭐든 손으로 하는 것을 좋아하다보니 저런 영수증도 글씨와 그림으로 옮겨보면 괜찮지 않을까?' 해서 시도를 해봤던 것이 생각보다 간편하면서도 훌륭한 '다꾸템'이 되었다. 인쇄가 아니다 보니 잉크 날아갈 걱정도 없고, 다소 투박하지만, 그것대로 매력 있었다. 또 세상에 하나뿐인 영수증을 만든 것이다. 사실 그림이라 부르기도 애매한 것이지만 색다른 기록을 하기 위해 내 손으로 무언가를 만들었다는 뿌듯함이 기록을 지속하게 해주었다.

귀찮을 땐 그냥 영수증, 포장지 등을 툭 하고 붙여두는 것에서 끝내기도 하지만, 간단한 메모를 남겨주면 훨씬 좋다. 포장지 위에 작은 인덱스 스티커 노트를 활용하면 꾸민 듯 안 꾸민 듯한 느낌을 줄 수 있다.

그리고 영수증이나 티켓처럼 얇은 종이가 아닌 것들을 붙이려면 풀테이프보단 양면테이프를 사용해야 하고, 붙이려고 하는 것을 밀대로 밀거나 단면만 잘라 사용하는 등 최대한 납작하게 만들어야 떨어지지 않고, 노트가 과하게 부해지는 것을 막을 수 있다.

어쩌면 각종 영수증이나 티켓, 포장지를 잘 모으는 것도 하나의 기록이 아닐까 싶다. 하나둘 모으고, 붙이는 것이 취향의 수집이 되기도 하고, 나도 몰랐던 내 취향을 알게 되기도 한다.

JAN FEB MAR APR
MAY JUN JUL AUG
SEP OCT NOV DEC

24

S M T W T F S

TO DO LIST ☺

나갈까말까엄~청
고민하다다른이타러

뽀펑동-여의도

원래 고터까지 갈려고 했는데
오늘따라 허벅지가 너무 아파ㅠㅠ

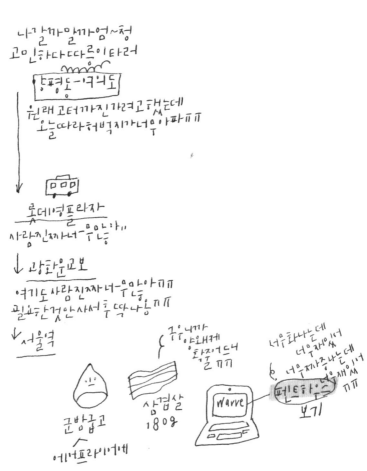

롯데영플라자
사람진짜너~무많네ㅠ

↓ 광화문교보
여기도 사람진짜너~무많아ㅠㅠ
필요한것만 사서 후딱 나옴ㅠㅠ

↓ 서울역

균방갑고
에어프라이어에

상겹살
180g

{ 근데내가 야외에서 확찍어드네 줄 ㅠㅠ

너무라나는데 너무재밌어
{ 너무짜증나는데 너무재밌어 ㅠㅠ

펜트하우스
보기

warve

emart

NETFLIX
Emily
in
paris

STARBUCKS

13:57(월) POS:02 BILL:000057

2020-06-01

LON
LONDON
940526
PA 940526

날씨가 유난히 좋았던 날이나 특별히 마음에 드는 순간들이 많았던 날, 글만으로는 기록이 충분하지 않을 것 같은 날에는 핸드폰이나 카메라로 찍은 사진들을 사용하기 좋은 사이즈로 편집한 다음 인쇄하여 스티커처럼 활용해서 쓰기도 한다. 사진을 컴퓨터에 옮겨서 크기 편집을 하고, 인쇄해서 오려 붙여야 하는 번거로움이 있지만, 대신 그 사진 한 장으로 기록은 충분해진다. 산책이라든가 여행 같은 이동이 많은

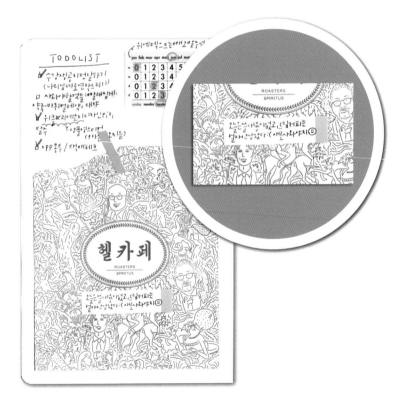

날엔 시간별, 혹은 장소별로 정리해서 붙여 간단한 코멘트를 달아준다면 더욱 좋다. 만약 기억에 남는 에피소드나 날씨를 간직하고 싶다면 대표적인 사진 하나만 툭 붙여놓아도 좋을 것이다.

자급자족 다꾸의 '끝판왕(?)'이자 요즘 제일 애용하고 있는 기록 방식이 아닐까 싶다. 하루 중 기록할 만한 대표적인 것들을 이면지 혹은 스케치북에 슥슥 그림으로 그리고, 하나

하나 잘라서 붙여준다. 그리고 그 그림에 대한 설명이나 간단
한 코멘트를 적거나 빈 곳에 일과를 정리해서 써놓고는 한다.

　빈도만 따졌을 때 그림보다는 사진이 더 가깝고 자신 있지
만, 그럼에도 손그림을 활용한 기록을 좋아하는 이유는 다른
누구의 것을 빌린 것이 아닌 내 손으로 그리고 만든 것으로
내 하루를 기록하는 재미와 뿌듯함 덕분이 아닐까 싶다. 글
씨는 몰라도 그림이랑은 거리가 먼 사람이었는데 자주 하다
보니 망쳐본 만큼 요령이 생기고, 하나하나 해나가는 즐거움
을 느낄 수 있었다.

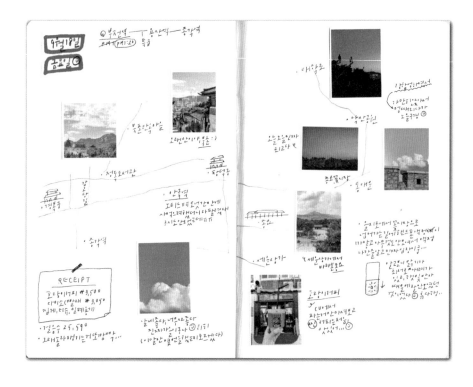

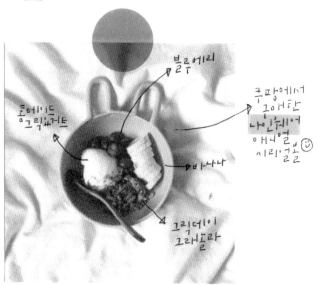

블루베리

쿠팡에서 그어한 <mark>나이트베어</mark> 애니멀 시리얼볼 ☺

플레인 그릭요거트

바나나

그릭데이 그래놀라

• 작년 4월부터 나의 아침식사는 그릭요거트 + 그래놀라 + 각종과일들로 고정되었는데, (물론 다른 것 먹는 날도 있지만 ☺) 원래 쭉 구워먹었는데 이제 너무 질찡 (ㅋㅋㅋㅋ) 쭉 그래놀라는 내 입맛에 맞게 앞으로는 사먹어야겠어. 헤헤헤

• 간만에 따라이 타러 여의도 갔다가 날씨 한참 고민하다 나가는 바람에 해 다 지고 나간 거 너무 아쉬워 양말을 3개나 신었는데도 너무 발 시려워서 옥수역에서 급 귀가결정.

🥳 기분전환도할겸 안한지너~에무 오래토니
네일아트받으러 다녀왔다 (+페디도 ☺)
원래애번해주시던분이 안계셔서... 네일
해주시는분이랑서로 말없이 조~용히있는바람에
음또 살짝금 어렵긴했지만ㅠㅠ
그래도 간만에 받았더니

기분이너어어무너무좋다.
거기다 날씨가 화창하니
진짜x2좋다. 바로 산책하러
가려고해. 나 바람둥이라 너무
추우세 숍집 들러 두꺼운것으로
갈아입고나갔다.

5월19일
화요일 ☺

1837
TWG
TEA

THE FINEST TEAS OF THE WORLD

GRANDS CRUS PRESTIGE

1837 BLACK TEA

🥳 특별기프티콘모아만아서 TWG티백으로
선물로받은   바꿈!샀다. 1837블랙티랑
         크리카라멜티양손에들고
윌로 가져갈까말까한~참고민하다가
블랙티로 가져오셨는데, 아 그냥 카라멜티로
가져올걸그랬나 하고후회중:(아니야,
블랙티좋아.. 잘했어잘했어..... ☺

🥳 역시나는 매번 초로아님
한강아범냉산이다... ☺
정말자주가지만 그래도
갈때마다 늘좋다진짜로ㅠ
(날씨너무좋아서 1분1라도
더 좋은날씨에 산책하여 산책
해야지하고 나갔는데, 서울도착
하니 비올것아냥흐려지는거무엇...?)

{ 여러 번 옮겨 써보기 }

일기를 쓸 때, 노트를 펼쳐서 생각나는 대로 바로 쓰는 때는 거의 없다. 보통 일기는 하루의 마무리와 같은 일로 잠들기 직전에 쓰고 있는데, 하루 일과를 마치고 오늘은 무슨 일이 있었는지를 머릿속으로 한 번 쭉 정리를 해본 후, 편하게, 막 쓰기 좋은 노트에 쭉 정리를 해본다. (머릿속에 정리된 것을 토대로 바로 옮겨 써도 되지 않을까 싶지만, 경험상 머릿속으로 상상했던 것과 실제로 쓰고 그리고 했을 때의 차이는 생각보다 컸다.)

내가 평소 일기를 쓸 땐 대충 기록을 하고 옮겨 적는 몇 가지 과정을 거치는데, 이 과정들을 거치면 노트에 썼을 때 대충 어떤 내용이 어느 정도의 자리를 차지하는지 가늠이 가능해진다. 그러면 글과 그림, 혹은 사진을 함께 기록했을 때 페이지 안에 모자라거나 넘치지 않는 배치가 가능하다. (이 몇 가지 과정을 거쳐 일기를 쓰던 과거에는 최대 2시간~2시간 반까지 소요되기도 했는데, 요즘은 짧으면 10~20분, 길어도 30분 정도 걸린다.)

{ 다시 옮겨 적는 게 어려울 경우 }

　이런 과정을 거쳐서 생각나는 것들을 노트에 한 번에 옮겨 쓰게 되면 망칠 위험도 줄고, 기록을 조금 더 깔끔하게 할 수 있다. 다만, 내용 정리를 위해 대충 슥슥 쓴 것임에도 제대로 옮겨 쓴 것보다 더 예뻐 보이거나 더 마음에 든 적이 한두 번이 아니다. 그렇다고 다시 쓰자니 한숨이 절로 나온다. 포켓 노트나 핸드폰 메모장에 순간순간의 기록을 해두고 나중에 옮겨 쓰는 것도 여간 귀찮은 일이 아니다.

　(이건 사실 팁이라기보다는 꼼수에 가까운 것이지만) 이럴 땐, 그 대충 쓴 종이를 스캔해서 해당 페이지에 덧붙이고, 핸드폰 메모장에 기록을 한 것은 그대로 캡쳐하고 인쇄해서 붙여놓는다. 예전 같으면 절대 용납하지 못했을 방법이지만 (기록은 항상 완전무결해야 한다고 생각했다) 기록을 꾸준히, 즐거운 마음으로 오래오래 지속해나가기 위해선 다양한 방법으로, 또 때론 느슨하고도 허접하게 기록하는 것이 도움이 될 때가 있다.

[하오팅캘리의 슬기로운 기록생활 TIP]

◆ 자급자족! 아이디어 적극 활용하기

① 손그림: 전체적인 내용을 대충 그려본 뒤 그림으로 표현할 수 있는 것을 간단하게 그려 넣는다. 다른 노트에 그린 뒤 오려 붙여도 재미있는 기록이 된다.

② 영수증, 컵홀더, 포장지 등 생활 속 아이템: 마땅히 쓸 내용이 없거나 귀찮을 때 적극 활용하면 좋다. 영수증이나 포장지 등을 직접 그려도 이전보다 색다른 내용의 기록을 할 수 있다.

③ 인덱스: 번거롭게 붙이지 않아도 '꾸안꾸' 느낌을 줄 수 있는 데다가 노트가 과하게 부해지지도 않는다.

④ 사진: 컴퓨터로 옮겨 인쇄해 오려 붙여야 하는 번거로움이 있긴 하지만 글을 구구절절 적지 않아도 충분한 기록이 가능해지는 아이템이다.

◆ 하오팅캘리의 일기 과정

① 포켓 사이즈 노트든, 핸드폰 메모장이든 그때그때 간단한 메모를 한다.

② 하루를 마무리하며 오늘 무슨 일이 있었는지 머릿속으로 대충 정리해본다.

③ 편하게 쓰기 좋은 노트를 꺼내 내용을 대강 정리하고 어떻게 쓸지 구상해본다. (그림을 그릴 것인지, 사진을 뽑아서 붙일 것인지, 아니면 글씨만으로 기록할 것인지)

④ 틈틈이 메모해둔 기록과 머릿속으로 정리한 내용을 합쳐 시뮬레이션을 해본다.

⑤ 옮겨 적는다.

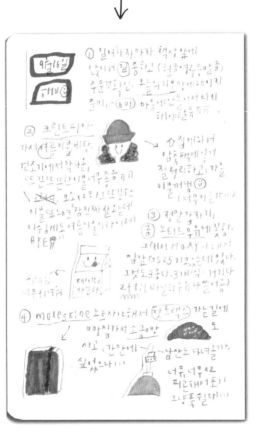

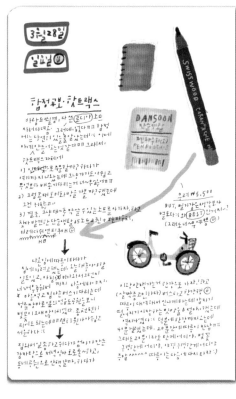

★ 자두,키위,그래쥬라,
그릭요거트 ←····· 오늘의
아침식사 ☺

🔲 6월12일 금요일

PM1, 유링이와나러 신중동역 ☆   날씨 흐리네
                              사알짝
                              시원함

📍 주니아가서
샐러드볼(JM1····)
+아아, 르이엄 (유링이가사줬다,귀욤!)
✖ 한참있다더니ㅋ
→ 스타벅스, 또수다ㅋㅋ

집가서↓   1302타고
 V ↗   +7017   신세계백화점
편한신발로   NEW 여름옷도봐야 OH.
바꿔신고나가려다   (티셔츠)
너무번거로워서··
그냥ㅆ음.   ↓
                          남산

버켄스탁신고 그래검은옷
발싹,네어 1 아파서
        당 기장가,
그래서 내려갈때   코...까지아는데그냥
🚗 버스타고   가기난너무아는것 (재)
정동길산책ㅎㅈ가   올라가면너어x2 힘든데
하다이쳐ㅆ)을   발 1전째너어아파다
                      → 발바닥불난줄ㅠㅠ
을 서울역-공철-ㅎㅍ-⬆
         공항

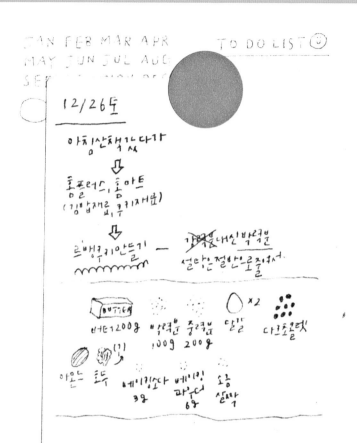

12/26토

아침산책갔다가

⬇

홈플러스, 홈마트
(김밥재료, 쿠키재료)

⬇

르뱅쿠키안들기 ─ 가루양 ~~대신~~ 박력분
~~~~~~~   설탕은 절반으로 줄여서.

버터200g 박력분 중력분 달걀 x2 다크초콜렛
          100g 200g

아몬드 호두 베이킹소다 베이킹 소금
        3g   파우더   설탕
              6g

8/17 월

내내 블라인드 쳐놓고 있어서 오늘 하늘 파랗고 예쁜지도 모
르고 집콕할뻔. (분명 날씨 어플로는 흐리다 해서 그것만 믿
고 있었지. 아차차 믿을걸 믿어야지 참) 오늘따라 가기 귀
찮은 산책을 빼먹으려다 아침 겸 점심 먹고 느긋하게 다녀왔
다. 낮 시간에 가면 그래도 사람은 많지 않아서 좋은데, 날이
뜨겁디 뜨거워서 등산로 입구 가기도 전부터 더위에 지쳐서
가기 싫어졌으나 저녁에 오리고기를 먹어야 하므로 으쌰으쌰
다녀왔다.

동생놈시끼. 내일이 하나뿐인 누나 생일인디, 가족 생일 전날
엔 다같이 외식하는 거 알면서 친구집에서 ㅊ놀고 ㅊ자다가
지혼자 쓱 빠짐. 지 생일 지났다 이거지? 차암나

그래도 엄빠랑 셋이 작동가서 오리불고기 신나게 먹고, 소화
시킬겸 집으로 걸어오는 길에 시장에서 자두에 복숭아도 바
리바리 양손 무겁게 사들고 오는데 디게 부자가 된 기분이었
다

스트레스 때문에 위가 예민해진 것 같다. 따끔따끔 콕콕 찌르
는 듯한 얕은 통증이 지속되는 중. 스트레스 받는 일 있음 그
래도 그때 그때 잘 풀어주는 편인데, 긴 장마 아니 이상기후
덕에 산책을 자주 못해서 스트레스가 덜 풀린 모양인가보다.
소화도 잘 안 되는 것 같고.(엄마가 그건 너도 이제 나이 먹어
서 그런 거라고. 그런 때가 된 거라고. 뭐만 하면 다 나이 먹
어서 그런거래 속상하게!!!)

-지출내역 ₩59,000 오리불고기

🗑 ✓ 📷 ⒶＡ ☑

ⓓ 노트 페이지별 장단점 및 특징

	먼슬리(monthly)	위클리(weekly)	데일리(daily)
장단점 및 특징	· 월 단위의 일정이나 계획 파악에 용이 · 비교적 짧은 시간과 노력을 들여 완성 가능 · 큼직한 계획을 세우는 데에 효과적 · 먼슬리를 이용하여 월 단위의 계획을 세울 경우 변수가 많아 세세한 계획을 세우는 데 어려움 · 페이지 특성상 간략한 정보만 기입 가능하기 때문에 일상의 기록이라고 느끼기에 부족 · 내용이 많을 땐 모두 적어넣기 어려움	· 주 단위의 일정이나 계획 파악에 용이 · 대략적인 일정 파악이 가능하기 때문에 조금 더 세세한 계획과 확인하여 체크하기에 효과적 · 계획표로도 사용하기 좋으며, 주 단위의 간략한 일기를 적는데도 효과적	· 아주 상세한 기록이 가능 · 글뿐만 아니라 그림이나 사진, 스티커, 각종 영수증 등을 활용하며 기록하는 즐거움 극대화 · 계획보다는 일상의 소소한 기록을 담는데 효과적인 페이지

ⓓ 무지노트 기록의 장단점

장점	단점
· 형식에 구애받지 않고 쓰고 싶은 대로 기록하는 것이 가능(기록의 분량에 따라 효율적으로 틀 만들기 가능) · 아주 다양한 방식과 다양한 소재로 기록 가능 · 내 마음대로 구성하는 페이지 (나에게 필요 없는 페이지 구성이나 형식을 없애거나 먼슬리를 앞에 많이 쓰고 나머지 부분을 위클리 페이지로 구성하는 등 입맛대로 커스터마이징 가능)	· 기록할 때마다 틀을 직접 만들어야 하는 불편함 존재 · 페이지를 채울 내용에 대한 고민 · 늘 새로운 방식으로 기록해야 할 것 같은 부담감 · 형식적인 노트에 비해 많이 소요되는 시간과 노력 (이로 인한 기록의 지속이 어렵게 느껴지는 경우도!) · 기록 초보자에겐 다소 어려운 형식

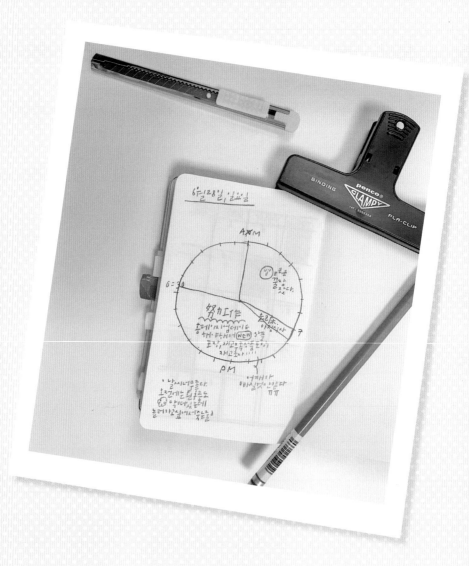

부록

Q&A:

무엇이든 물어보세요!

"하오팅캘리와의 일대일 인터뷰"

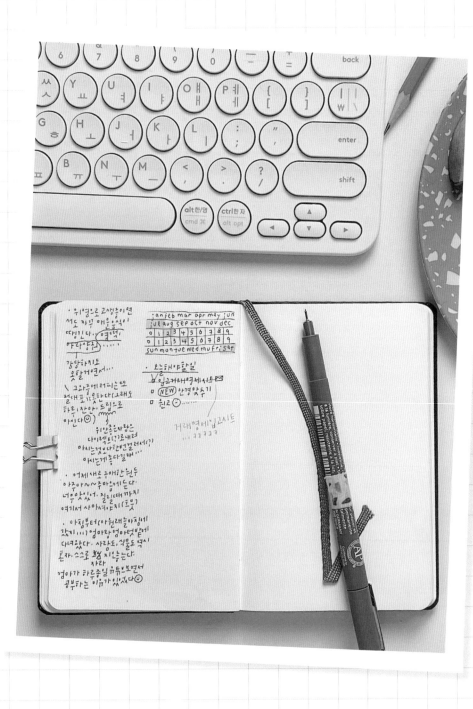

Q1 **"기록은 하루 끝에 몰아서 해야 하나요,
생각날 때마다 바로 해야 하나요?"**

A. 저는 개인적으로 핸드폰 메모장이나 편하게 쓰기 좋은 노트에 그때그때 적어두었다가 자기 전에 옮겨 쓰는 편이에요. 한 번에 몰아서 쓰려고 하면 전체적인 내용이 그려지지 않거나 생각보다 기억이 잘 안 날 때도 있고, 시간도 많이 소모되어서 비효율적이라 느꼈거든요. '아 다르고 어 다르다'고 시간이 지난 후에 적게 되면 애초에 제가 적고 싶었던 느낌을 그대로 살리지 못하는 게 아쉽기도 했고요. 오늘 있었던 일이니 일기를 쓸 때 기억을 잘 더듬어보면 무슨 일이 있었는지, 무엇을 쓰면 좋을지 잘 생각이 날 거라 생각하지만, 기억력에는 한계가 있는 것 같아요.

진짜 기록하고 싶은 일이라면 그때그때의 감정이나 분위

기를 잘 붙잡아 기록해두는 것이 중요합니다.

틈틈이 잘 기록을 해두면 나중엔 그대로 옮겨 쓰기만 하면 되니까 편하고, 무엇을 어떻게 써야 할지 고민하는 시간도 줄어서 좋아요.

8/8 sun
◯ 마트 장보기
◯ 그릭요거트 만들기
◯   타임스퀘어!

8/9 mon

하늘도 완전 가을 같고 바람도 시원한 편. 산책 다니기 너무 좋은 날씨이지만 여전히 원고에 발목이 묶여 있다.

마트 가는 길에 아빠 품에 안겨있는 아가를 만났다. 아가가 손 흔들어주길래 나도 흔들어줬더니 부끄러워한다. 너무 귀여워ㅠㅠㅠㅠ

오늘의 잘한 일: 고구마케익 참았다 (꜀ᴗ꜀)
소금빵이 먹고 싶다 너무너무너어어엉무

Q2 **"다이어리를 쓰다가 망쳤어요. 어떻게 해야 할까요?"**

A. 한두 글자 틀렸을 때는 그냥 두 줄 슥슥 긋거나 X자를 치고, 부분적으로 작게 틀렸을 때는 노트 뒷면의 종이를 잘라 덧붙이거나 영수증이나 티켓 등을 활용해요. 페이지 전체를 망쳤을 경우엔 풀테이프를 붙여서 다음 페이지를 덮어 아예 없던 페이지로 만들거나 잘라버려요.

전에는 그냥 북북 찢어버렸는데 한두 번 반복되니 노트 제본이 망가져서 노트를 아예 못 쓰게 되는 경우가 많았어요. 그래서 찾은 방법은 노트 안쪽에 한 2~3mm 정도 여분을 남기고 나머지를 칼로 슥 잘라서 버리는 거예요. 크게 티도 안 나고 깔끔해요.

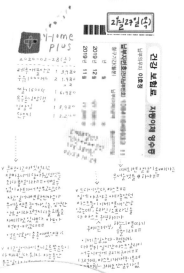

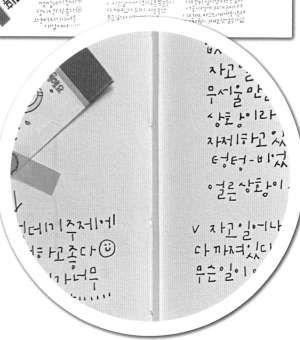

**"일기를 꾸준히 쓰는 게 너무 어려워요.
어떻게 해야 작가님처럼 꾸준히 잘 쓸
수 있을까요?"**

A. 뭐든 그냥 얻어지는 것은 없는 것 같아요. 잘하고 싶고,
또 꾸준히 해나가고 싶다면 우선순위를 다른 것들보다 더
위에 두고 꾸준히 하기 위한 시간과 노력을 들여야 해요.

일기 쓰기는 해도 되고 안 해도 되는 일이기에 우선순위
가 늘 뒤에 있었던 것 같아요. 저는 그때그때 기록을 하지만
보통 일과의 마지막으로 자기 직전에 일기를 쓰는 편인데요.
푸석해진 피부를 위해 마스크팩도 하고, 못 보고 지나친 드
라마나 예능 프로그램 먼저 보고 나중에 써야지 하고 생각했
다가 피곤이 몰려와서 내일 써도 괜찮을 거야 하는 마음으로
잠들고는 했어요. 그렇게 하루를 미뤘던 것이 이틀이 되고
사흘이 되었고, 그렇게 일기 중간중간 텅 빈 페이지가 점점

늘어났어요.

물론 매일 열심히 쓸 수 없다는 것을 알지만, 내가 조금만 시간을 내었다면 충분히 쓸 수 있었는데 다른 것들에 우선순위가 밀려 쓰지 못한 날들을 생각하면 그것만큼 아쉬운 일이 없었어요. 오로지 내 선택과 의지로 지속할 수 있는 일이라면 그 일을 해냈을 때의 뿌듯함이나 가치를 생각하며 조금 더 애정을 갖고, 꾸준히 해나가기 위한 끊임없는 노력과 투자를 해야 해요.

Q4 "지금 쓰고 있는 노트는 몇 권인가요?
노트들은 어떻게 사용하고 있나요?"

A. 지금은 몰스킨 포켓 사이즈 노트만 두 권 쓰고 있어요. 올해 상반기까지만 해도 몰스킨 포켓 사이즈와 라지(또는 미디엄) 사이즈 노트로, 사이즈가 다르게 두 권을 썼는데요. 포켓 사이즈 노트에는 생각나는 대로 그때그때 편하게 적기 위해 내용의 분류 없이 이것저것 다 막 적었고, 라지(또는 미디엄) 사이즈 노트에는 포켓 사이즈 노트에 적어놓은 것들 중 일기만 옮겨 써두곤 했어요.

굳이 노트 한 권을 더 써서 일기만 옮겨 썼던 이유는 일상의 기록은 따로 보관해두고 싶었던 마음도 있고, 다른 기록보다 일기는 조금 더 예쁘고 보기 좋게 써놓고 싶었던 마음도 있었던 것 같아요. 그런데 그렇게 쓰다 보니까 일기 쓰기에 쓰이는 시간이나 에너지가 너무 많았고, 이런 방식으론 지속하기가 어렵겠다 싶은 생각이 들더라고요. 일이 조금만 많아져도 일기 쓰기는 뒷전이 되기 쉬운데, 저렇게 번거롭게 쓰다가는 일기를 쓰는 날보다 안 쓰는 날이 많아질 것 같았 거든요.

또 기록을 생생하게 만들어줄 부가적인 것들(글씨를 조금 더 반듯하게 쓴다거나 그림을 그려 넣는 등)이 있으면 물론 더 좋겠지 만, '글씨만으로 남기는 기록은 좋은 기록이 아닌가?', '기 록은 그때그때 편하게 하는 것이 우선이지 않을까?' 싶은 생각도 들었어요.

그래서 결국 몰스킨 포켓 사이즈 노트만 두 권을 쓰게 되었 어요. 한 권은 업무나 아이디어 기록을 하고, 다른 한 권에 는 일상 기록만을 하고 있습니다. 내용의 분류는 하되 미적 인 요소는 조금 내려놓더라도 더 편하고, 알차게 쓰고자 하 기 위함이에요.

아주 가끔은 일기를 쓰는 것이 조금 막막하고 부담스럽게 느껴질 때도 있었는데, 노트 사이즈를 바꾸고 그저 쓰고 싶 은 대로 부담 없이 적다 보니 기록을 대하는 자세도 조금 더 편해진 것 같습니다.

Q5 **"그렇다면 기록을 위한 노트는 몇 권을 쓰는 게 좋을까요? 용도별로 나눠야 할까요, 한 권에 몰아서 쓰는 것이 나을까요?"**

A. 과거엔 저도 일상 기록을 위한 노트, 아이디어 노트, 업무용 노트, 여행 노트, 스크랩 노트 등 온갖 용도별로 여러 노트를 사용했던 때가 있었어요. 그때 그 당시엔 그렇게 쓰는 게 정답이고 가장 좋은 방식이라고 생각했어요. 그러나 쓰다 보니 뒤늦게 알게 된 불편한 점이 한둘이 아니었죠.

외출 시 여러 권의 노트가 필요할 때도 있는데, 가뜩이나 보부상 마냥 짐이 많은데다 노트 몇 권을 더 챙겨 나가야 하는 것이 번거롭기도 하고 관리도 힘들었어요. 또 성격상 대충 적어놓는 것에 만족을 못 하고 그걸 다시 보기 좋게 옮겨 써놔야 심적으로 안정이 되었죠. 그래서 용도별로 여러 권의 노트를 쓰는 것을 포기하고, 최소한의 분류로 쓰는 것을 선택해서 쓰고 있어요.

2n년째 일기를 쓰고 있지만 사실 아직도 뭐가 정답인지 저도 잘 모르겠어요. 아니 정답은 없는 것 같습니다. 내가 선택한 방식이 가장 좋은 답일 거예요. 다만 또 다른 답을 발견한다면 그 답으로 수정을 하는 데 망설이거나 두려워해서는 안 돼요.

또 그때 그 당시엔 최적의 방식이라고 생각했던 것이 쓰다 보면 답답하게 느껴지거나 불편할 수 있어요. 그럼 나는 왜 불편함을 느꼈고, 이 불편함을 해결하려면 무엇을 어떻게 해야 하는지를 생각해보고, 시도를 해봐야 합니다. 그런 시행착오들이 쌓이다 보면 어떤 방식으로 몇 권의 노트를 써야 할지, 몇 권의 노트를 써야 내가 잘 쓸 수 있을지 감이 잡힐 거예요.

Q6 "디지털보다 아날로그 기록을 좋아하는 이유가 있나요?"

A. 아날로그만이 줄 수 있는 감각들을 좋아합니다. 책을 구매할 때 인터넷으로 주문하면 10% 할인은 물론 무료배송으로 다음날 바로 받아볼 수 있는 좋은 세상에서 살고 있지만, 굳이 번거롭게 매장에서 구매해서 바로 가져오는 것을 좋아해요. 이미 짐이 한 보따리임에도 불구하고 굳이 짐을 추가해서 무겁게 들고 와요. 배송을 기다리는 그 짧디 짧은 순간이 싫은 것도 있지만 서점에서만 맡을 수 있는 책 냄새, 이미 살 책을 고르고 간 것이지만 괜히 이것저것 보고 고르는 재미, 무튼 그 번거로운 것들 속에 숨겨져 있는 시간과 감각들을 좋아합니다.

아날로그 방식으로 일기를 쓰는 것도 같은 맥락인 것 같아요. 디지털로 기록을 하면 종이 낭비도 없지, 글씨나 배치가 마음에 안 들어도 고치기 쉽지, 거기다 사용할 수 있는 재료도 무궁무진해요. 그러나 아날로그로 기록할 때의 번거로움은 없지요.

다이어리를 꺼내어 오늘을 기록할 페이지를 찾아 넘길 때 손에 닿는 촉감, 한 자 한 자 정성스레 써내려가며 잉크가 번지지는 않을까 전전긍긍하는 마음, 자르고 오리고 붙이며 손끝으로 느끼는 즐거움, 또 페이지마다 켜켜이 쌓인 세월과 함께 묻어나는 손때.

한 번 쓰면 수정이 쉽지 않고 때론 시간도 많이 잡아먹지만, 그렇게 쌓인 시행착오들이 고스란히 나의 내공이 되어준다는 것을 아니까 그래서 아날로그 기록을 좋아합니다.

Q7 "작가님은 다이어리를 매일 따로 시간 내서 쓰세요?"

A. 네, 시간을 따로 내서 써요. 자연스럽게 생기는 시간에 쓰려고 하니 꾸준히 쓰지 못하더라고요. 하루 24시간에서 기록을 위한 시간으로 얼마를 할애하고, 그 시간이 우선순위에 있어야 꾸준히 기록할 수 있는 것 같아요.

그래서 보통 거의 매일 기록하는데요, 대신 쓸 수 있는 선에서 쓰는 편이고 무리해서까지 쓰진 않으려고 해요. 일 때문에 바쁘거나 컨디션이 안 좋은 날엔 핸드폰 메모장에 써놓고 나중에라도 노트에 옮겨 쓰거나 아니면 어플('굿노트'나 '프로크리에이트'를 주로 이용)을 사용해서 대충 적어두었다가 인쇄해서 붙여놓는 편입니다. 물론 여유가 되는 날엔 노트에 바로 적어두고요.

HOW WAS YOUR DAY?

- 오늘은? 11/11 (오)
- 일출/일몰 am 7:07 / pm 5:24
- 날씨 ☀️ ☁️ 🌧️ ⛄
- 오늘의 할일
- ☑ 원고쓰기
- ☐
- ☐
- ☐
- ☐

- 오늘 먹은것들
- 아침 소금빵
- 점심 샌드위치, 커피
- 저녁 고등어구이, 두부
- 간식 바나나

- 오늘의 좋은일 / 잘한일
  짐 바리바리 책 챙겨서 외출 ✓
  안늦음... 아침일~책

- 오늘의 아쉬운일 / 나쁜(?)일
  집 가는 길 버스에서 졸다가
  이어팟 떨어뜨리고, 또 지갑도
  떨어뜨리고.. (흐르르)

- 오늘의 지출
  ② 편의점
- 오늘의 음악
  Sa
  Ar
  ◀◀
- 오늘의 영
  X
- 오늘의 문지
  X

- 오늘의
  ① 뜨끈한
  ② 좋은
  ③ 아빠

- 오늘의 아

**"일상 중 특별했던 날은 따로 또 기록을
하나요?"**

A. 따로 기록을 하지는 않고, 아무래도 다른 날보다는 쓸 이
야기가 많으니 페이지나 공간을 조금 더 많이 쓰거나 그림
을 그려 넣거나 사진을 인쇄해 붙이는 등 신경 써서 써놓는
편입니다.

TODOLIST

JAN FEB MAR	1 2 3 4 5 6
APR MAY JUN	7 8 9 10 11
JUL AUG SEP	12 13 14 15 16
OCT NOV DEC	17 18 19 20 21
	22 23 24 25 26
YEAR	27 28 29 30 31

☑ 산책, 산책해제발...

N SEOUL TOWER

HAN RIVER

★다음부터그림은스케치북에
그리고잘라서+붙이자

- 날씨흐림. 아침으로 시리얼먹고 외출준비. 습해서 산책이고뭐고 다 접으려다 오늘도 못가면 언제또 갈수있을지 모라서, 아니 이미 이산책못한게 한이맺힐대로 맺혀서 (ㅠㅠ) 흐리면 흐린대로, 습하면 습한대로 다니자, 하고 출-발!

-

  | 70-2버스 | 따릉이 | 따릉이 | 10번버스 | 70-2버스 |
  집   여의도KBS   반포대교   여의나루역 국회의   집
         따릉이대여   잠반수교   사당

- 날은 진짜 습하긴 해도, 자전거 타고 달리면 너어무 시원하다. 그리고 세상 행복하다 ㅠㅠ (아주 잠깐 자전거 사고싶단생각이 들어섰다) 너무 하이텐션이 되는 바람에 힘든줄 오르고 2시간 내내 열심히 탄 덕에 다리가 살짝 후들거리고 엉덩이가 아프긴 했지만o

Q9 **"일기를 쓸 때 쓸 내용이 없거나 밀릴 때가 있어요. 이럴 땐 그냥 넘어가야 할까요, 뭐라도 쓰는 게 맞을까요?"**

A. 기록할 타이밍을 놓쳐서 쓸 것이 있었는데도 못 쓰고 넘어간 날도 있고, 어쩌다 보면 뭘 쓰고 싶어도 쓸 게 없는 날도 있습니다. 그런 날은 굳이 뭘 쓰려고 하지 않아요. 그냥 '오늘은 그런 날이었구나' 하고 넘어가요.

예전엔 다이어리에 빈칸이 있으면 안 된다고 생각해서 어떻게든 뭘 채워 넣으려 했던 것 같아요. 그렇게 쓰는 날이 많아지던 중 문득 이렇게 쓰는 게 무슨 의미가 있나 싶은 생각이 들더라고요. 부지런히 기록을 한다고 해도 아무것도 쓸 수 없는 날도 있고요. 단순히 집에 콕 박혀서 쉬는 것 이외엔 할 것이 없어서, 아니면 내내 바쁘게 지냈음에도 불구하고 말이에요.

그런 시간이 쌓이고 보니 '꼭 무언가가 적혀 있는 것만이 기록이 아니구나, 때론 아무것도 적혀 있지 않은 칸, 페이지 그대로 기록이 되기도 하는구나' 하고 생각하게 되었고 그 이후론 날짜만 써두고 넘어가게 되었어요. 기록이라는 것을 꾸준히 하다 보니 기록 자체에 대한 태도나 생각이 많이 바뀌게 되었고, 굳이 완벽할 필요가 없다는 것도 깨닫게 되었죠.

물론 뭐라도 써넣을 수 있다면 단 한 줄의 메모라도 써두려고 하는 편이고, 그게 어렵거나 아니면 빈칸이 여전히 어색하게 느껴질 때면 해당 일자의 일력이나 영수증, 또는 포장지라도 붙여 두기도 해요.

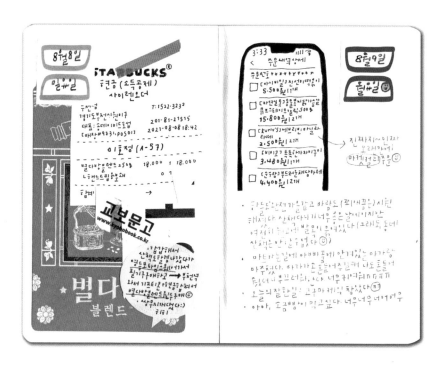

Q10 **"기록하는 것이 재미없거나 권태기가 오면 어떻게 극복하나요?"**

A. 늘 애정이 넘치고 열심일 수는 없다고 생각해요. 일상에서도 잘하려고, 열심히 하려고 할수록 금방 지치거나 번아웃이 오는 걸 경험한 이후로는 일하는 것만큼 잘 쉬어주는 것도 중요하다는 걸 깨달았어요. 기록하는 일 또한 마찬가지가 아닐까요.

열심히 잘 기록하는 날이 있으면 조금 쉬엄쉬엄 넘어가는 날도 필요하고, 마냥 재밌고 뿌듯할 때가 있으면 시들시들하고 싫증이 나는 때가 있는 것은 당연한 일이에요. 그걸 인정하고, 그 기간이 너무 길어지지 않도록 주의하는 편입니다.

늘 긴장한 상태가 유지되면 금방 지치고 포기하기 쉬워져요. 그래서 적당한 흐름을 잘 맞추려고 하는 편입니다. 한번

손을 놓게 되면 다시 잡게 되는 게 어려워질 수 있으니 가능하면 핸드폰 메모장에라도 간단하게 단어라든가 짧은 문장 한 줄이라도 적어두는 편이에요.

Q11 "다이어리를 계속 쓸 수 있게 하는 원동력이 있나요?"

A. 노트 안에 적힌 기록들이 어떤 내용이든 한 권을 다 채웠을 때의 뿌듯함? 그 사소한 기록들이 일깨워주는 선물 같은 순간들 때문이 아닐까 싶어요.

늘 잘하려고만, 잘 쓰려고만 했기에 사실 저에게도 처음엔 한 권 채우는 것이 너무도 어려운 일이었어요. 그래서 지금은 그런 마음을 조금은 내려놓고 때론 또박또박 가지런한 글씨와 정돈된 내용의 배치로, 때로는 졸음이 가득 묻어 있는 글씨와 의식의 흐름에 따른 내용 배치로, 어찌저찌 쓰고 또 쓰다 보니 노트 한 권이 꽉 채워져 있더라고요.

기록해두지 않으면 휘발되기 쉬운 사소한 순간들인데 기록을 통해 붙잡았을 때 완전한 내 것이 되고 확실해지는 것들이 있어요. 가끔은 기록을 통해 남긴 지나온 세월이 나를 증명해주기도 하고, 위로해주기도 했습니다. 그래서 쓰면 쓸수록 더 열심히 쓰고 싶고 더 많은 것을 기록해야겠다는 다짐을 늘 하며 오늘도 기록을 하는 것 같아요.

Q12 **"거의 매일 똑같은 일상의 반복이라 매일 일기를 쓰고 싶어도 항상 똑같은 내용의 기록이에요. 이게 과연 의미가 있을까 싶은데, 이럴 때는 어떻게 하면 좋을까요?"**

A. 기록하는 사람의 일이나 취향, 필요에 따라 기록의 종류나 방식, 내용도 가지각색이겠지요. 하지만 일상의 기록은 온전히 '나'에 대한 기록이에요.

때론 시간별로 무슨 일을 했는지 간단하게 적어두기도 하고, 대표적인 하나만 구구절절 적어두기도 해요. 여행이나 산책 같이 이동이 많은 날에는 이동 동선에 따라, 또는 장소별로 간단한 메모를 써서 기록하기도 하고, 그날 들었던 생각이나 감정을 정리해서 적어두기도 합니다. 만사가 귀찮을 땐 영수증 하나, 또 사진 하나를 툭 붙여놓고는 하는데 때론 긴 글보다 훨씬 나은 기록이 되어주기도 해요.

또 같은 일상도 어떤 방식으로 적느냐에 따라 다르게 느껴

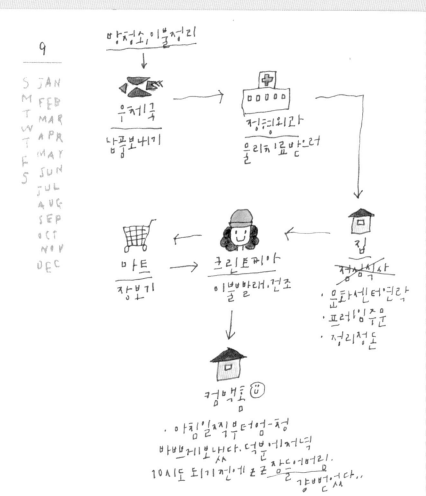

9

S JAN
M FEB
T MAR
W APR
T MAY
F JUN
S JUL
  AUG
  SEP
  OCT
  NOV
  DEC

방청소, 이불정리

우체국
납품보내기

정형외과
올리치료받으러

집
청소시작
• 운동센터연락
• 프리랑?주?
• 정리정돈

마트
장보기

크린토피아
이불빨래, 건조

캥거루 ☺

• 아침일찍부터영~청
바쁘게보냈다. 덕분에저녁
10시도되기전에 코ㄹ코 자버려리.
ㄹ 잠뻗었다..

질 수 있어요. 단순히 내가 한 일 자체에 집중을 하느냐 아니면 감정에 집중을 하느냐 등 초점을 어디에 맞추는지에 따라서도 기록할 거리는 달라집니다.

가끔은 이미 틀이 만들어져 있는 메모 패드를 활용해 기록하는 것도 기록의 재미를 잃지 않고 이어갈 수 있게 만들어주기도 해요.

"일기를 쓸 때면 망치면 안 될 것 같아서 두려워요."

A. 사실 이건 선택의 문제인 것 같아요. 망치더라도 무엇을 써서 남기는 기록을 할 것인지, 아니면 두려움에 사로잡혀 아무것도 남기지 못하는 날들만 늘릴 것인지.

제가 꾸준히 말씀드리고 있는 이야기이긴 한데요, 잘해야 한다는 강박과 부담감을 내려놓고 한 줄의 기록부터 차근차근 쌓아나갔으면 좋겠어요. 누구에게나 어설프고 허접한 시기는 있어요. 또한 망쳐보지 않고서는 잘 쓸 수 없고요. 저도 2n년간 일기를 쓰고 기록을 해오며 무수히 많이 망쳐보고 또 망쳐보았어요. 하지만 그런 시기가 있었기에 지금의 꾸준함과 기록이 남아있다고 생각해요. 또 그 시기 덕에 실패를 두려워하지 않게 되었습니다. 지금도 쓰다가 망칠 때도 있는

데 이젠 적어도 이전만큼 두렵지 않아요. 결과만 봤을 땐 망친 것이더라도 그 결과물을 내기 위해 노력하는 시간 속에서 남는 것은 분명 있으니까요.

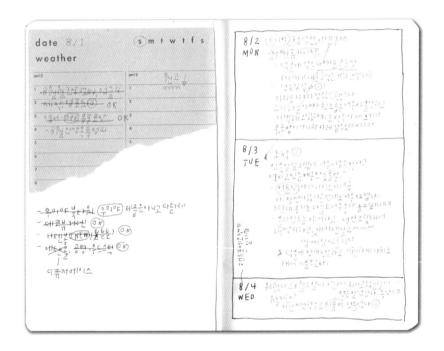

"기록이 끝난 다이어리는 어떻게 보관하는 게 좋을까요?"

A. 전에는 노트들뿐만 아니라 영수증 같은 자잘한 것들 하나도 못 버리고 지퍼백에 라벨링해서 차곡차곡 보관해두었는데, 이게 쌓이고 쌓이다 보니 양도 엄청나고 보관이 어려워지기 시작했어요. 사실 이때까지만 해도 기록하는 것 자체만 중요했지, 과거의 기록에 대해선 크게 중요하게 생각하지 않았기에 날 잡고 몽땅 갖다 버렸어요. 지금은 그때 그 순간이 제일 후회스럽습니다. 과거의 노트들은 어떻게 썼는지 보여주고 싶은데 남아있는 것이 없으니 이 책의 원고에 넣을 사진조차도 부족한 것이 너무 많았어요. 기록은 유기적이라 과거와 현재 또 미래를 연결해주는 매개체가 되어주기도 하는데, 기록만 했지 남아있는 것이 몇 없으니 그저 아

쉽기만 하네요.

다 쓴 노트는 리빙 박스와 종이 박스에 몽땅 넣어두고 있는데, 과거의 기록들을 자주 꺼내본다면 연도별, 순서대로 보관하는 것을 추천합니다. 전엔 그냥 보관하는 상자 크기에 맞춰 대충 넣어뒀는데, 원고를 쓰면서 보니 연도별, 또 순서별로 정리해두는 게 보기 좋을 것 같더라고요. 또 지금은 몰스킨 노트를 쭉 쓰고 있다 보니 연도 표시를 안 해두면 이것저것 다 꺼내 보아야 해서 불편하기도 했고요. 표지에 간단한 라벨링을 해놓아도 괜찮을 것 같아요.

"'기록'이라는 것을 한마디로 정의하면 요?"

A. 누군가의 딸이자 친구, 작가, 선생님이 아닌 내가 온전히 '나'일 수 있게 만들어주는 시간이자 존재.

KI신서10029

하오팅캘리의 슬기로운 기록생활

1판 1쇄 인쇄 2021년 12월 29일
1판 1쇄 발행 2022년 1월 12일

지은이 이호정
펴낸이 김영곤
펴낸곳 ㈜북이십일 21세기북스

출판사업부문이사 정지은
인문기획팀장 양으녕 **책임편집** 최유진
디자인 thiscover.kr
출판마케팅영업본부장 민안기
마케팅2팀 엄재욱 나은경 정유진 이다솔 김경은 박보미
출판영업팀 김수현 이광호 최명열
제작팀 이영민 권경민

출판등록 2000년 5월 6일 제406-2003-061호
주소 (10881) 경기도 파주시 회동길 201(문발동)
대표전화 031-955-2100 **팩스** 031-955-2151 **이메일** book21@book21.co.kr

(주)북이십일 경계를 허무는 콘텐츠 리더

21세기북스 채널에서 도서 정보와 다양한 영상자료, 이벤트를 만나세요!
페이스북 facebook.com/jiinpill21   **포스트** post.naver.com/21c_editors
인스타그램 instagram.com/jiinpill21   **홈페이지** www.book21.com
유튜브 youtube.com/book21pub
서울대 가지 않아도 들을 수 있는 명강의! 〈서가명강〉
유튜브, 네이버, 팟캐스트에서 '**서가명강**'을 검색해보세요!

ⓒ 이호정, 2022

ISBN 978-89-509-9861-5 03810